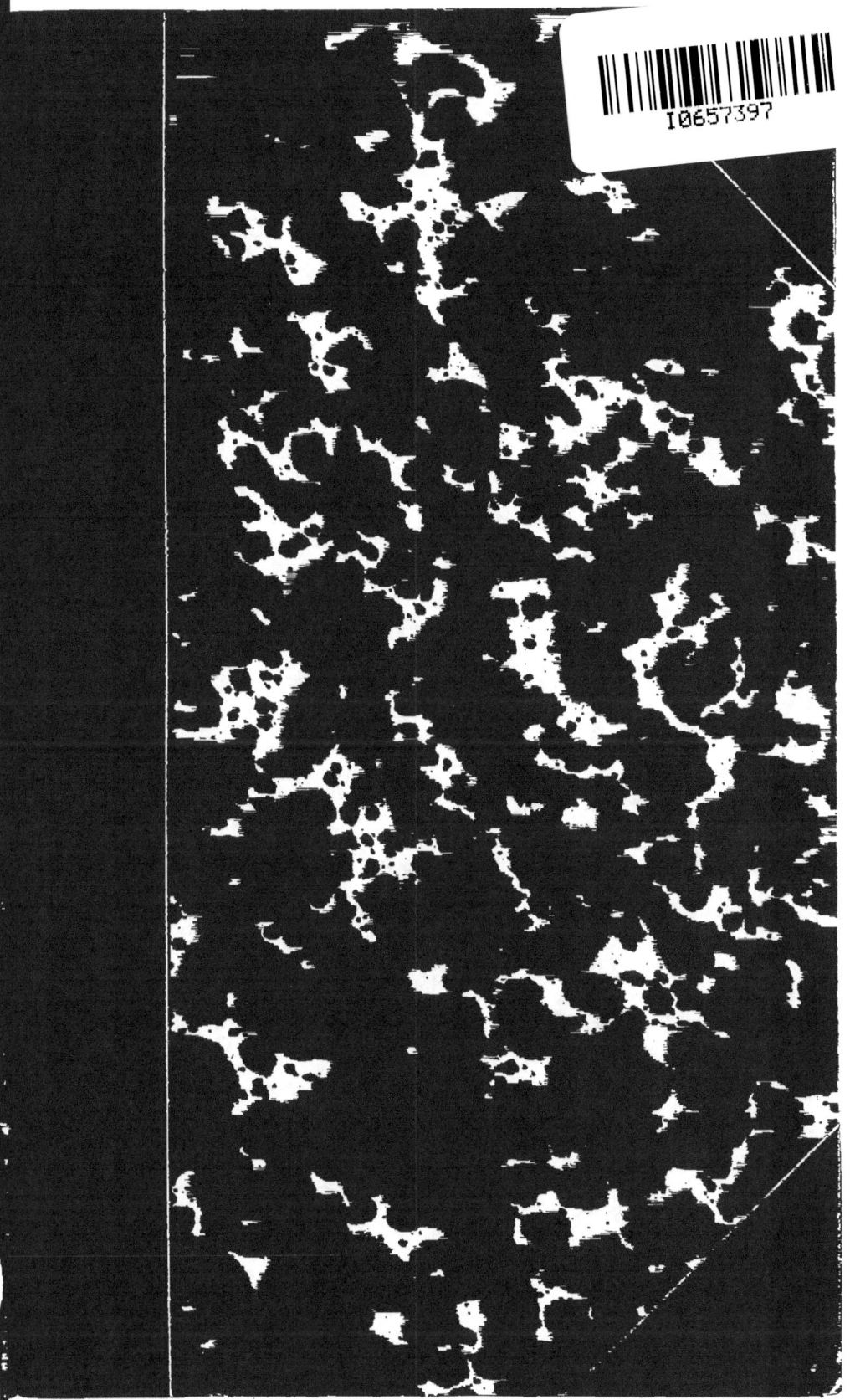

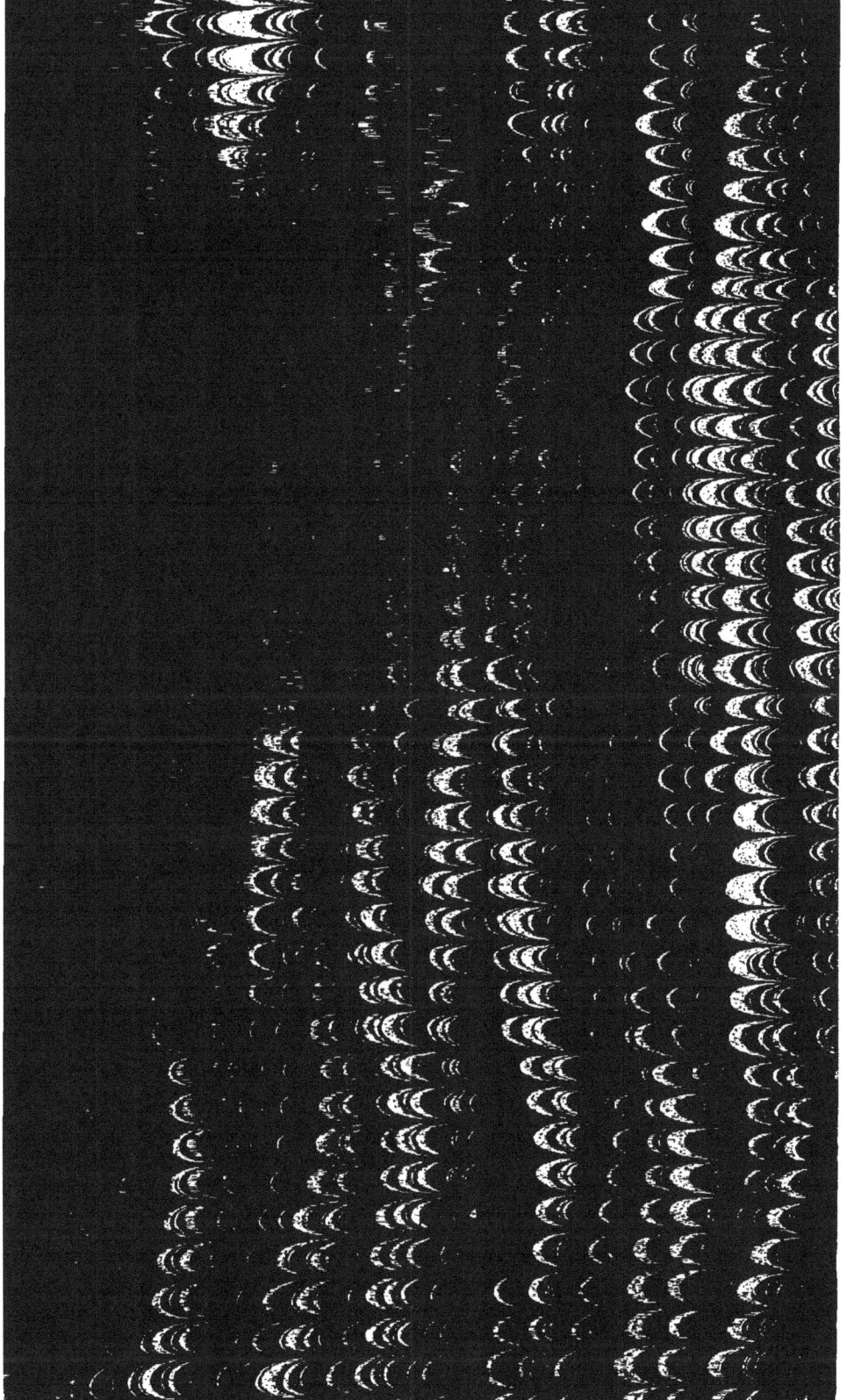

A. Mr Cappé
L'Admirateur de
Son art
F. Huguenoy

L'ORAISON

DOMINICALE

PARIS. — IMP. ADRIEN LE CLERE, RUE CASSETTE, 29.

L'ORAISON

DOMINICALE

SERMONS

PRÊCHÉS A LA CHAPELLE DES TUILERIES

EN PRÉSENCE DE LL. MM. L'EMPEREUR ET L'IMPÉRATRICE

L'AN DE GRACE 1866

PAR M. L'ABBÉ G. DEGUERRY

CURÉ DE SAINTE-MADELEINE, CHANOINE DE NOTRE-DAME
PRÉDICATEUR ORDINAIRE DE L'EMPEREUR

PARIS

LIBRAIRIE ADRIEN LE CLERE et Cie

IMPRIMEURS DE N. S. P. LE PAPE ET DE L'ARCHEVÊCHÉ DE PARIS
Rue Cassette, 29, près Saint-Sulpice.

1866

8:55

ORAISON DOMINICALE.

I

ADOPTION DE L'HOMME PAR DIEU.

I

ADOPTION DE L'HOMME PAR DIEU.

---

*Non in solo pane vivit homo,
sed in omni verbo quod procedit
ex ore Dei.*

L'homme ne vit pas seulement
de pain, mais de toute parole qui
sort de la bouche de Dieu.

(S. MATTHIEU, IV, 4.)

SIRE,

Le pain est pour le corps, la parole de
Dieu est pour l'âme. Elle s'en nourrit
principalement à la prière, dont le Sauveur nous a donné l'exemple non moins

que la leçon, et dont il lui a plu de nous
enseigner une formule, afin qu'en priant
nous fussions d'autant plus sûrs d'être
exaucés, que nous ne prierions pas seulement en son nom, mais que nous prierions
de sa prière.

En ce temps-là, les Apôtres adressent
à notre adorable Maître cette demande :
« Apprenez-nous à prier. » Il leur répond :
« Quand vous prierez, ne dites pas beaucoup de mots, mais sentez bien ce que
vous direz. Parlez ainsi :

« Notre Père qui êtes aux cieux, que votre
nom soit sanctifié ; que votre règne arrive ;
que votre volonté soit faite sur la terre
comme au ciel ; donnez-nous aujourd'hui
notre pain quotidien ; pardonnez-nous
nos offenses, comme nous pardonnons à
ceux qui nous ont offensés ; ne nous laissez
pas aller en tentation, mais délivrez-nous
du mal. »

Prière admirable, simple et sublime tout à la fois, à la portée du plus jeune enfant et à la hauteur du plus grand génie ; prière qui contient la substance de tous nos biens et de tous nos devoirs ; prière avec laquelle nos mères nous apprirent, sur leurs genoux, les éléments de la langue que nous parlons.

Il nous a semblé bon et utile de proposer à la méditation de cet illustre auditoire, pour ces jours de pensées religieuses plus graves, la divine prière que nous appelons Oraison dominicale, du nom de Notre-Seigneur. Elle nous fournit, dans les sept demandes qu'elle renferme, un ordre naturel pour la méditer en toutes ses parties. Comme elle nous fait donner d'abord à Dieu la qualité de Père en l'invoquant, cette qualité fera le sujet de ce premier entretien, où nous reconnaîtrons que nous sommes enfants de Dieu, et où nous déduirons ensuite les conséquences pratiques de cette filiation.

Sire, s'il est un spectacle digne des regards du ciel, et de souveraine édification pour la terre, c'est bien celui des maîtres du monde, se faisant annoncer la loi de Dieu, l'écoutant avec un grand respect pour elle, et avec une grande bienveillance pour le prêtre qu'ils appellent à la leur prêcher.

Ce beau spectacle, Votre Majesté, Sire, le donne chaque année; ce grand respect, elle le montre; cette grande bienveillance, elle l'accorde. Notre ministère le sait : il la lui demande, et il ose l'espérer, une seconde fois.

PREMIER POINT.

Nous sommes enfants de Dieu. Quel est le sens de cette qualité? où nous est-elle donnée? et à qui appartient-elle?

Nous sommes enfants de Dieu par adoption. Il a un Fils unique par nature; il l'engendre de toute éternité; il lui est égal en toutes choses; c'est sa pensée, sa parole; aussi bien penser et parler c'est tout un. C'est le Verbe éternel qui nous a tirés du néant, et qui par amour pour nous, dans le but de nous tirer du péché, abîme plus profond que le néant, est descendu sur la terre, s'est fait le Fils de l'homme en prenant une nature semblable à la nôtre, et nous a rendus capables de devenir les enfants adoptifs de Dieu; qui s'est égalé à nous pour nous égaler à lui. Ecoutez l'apôtre S. Jean : « Au commence-

ment était le Verbe, et le Verbe était en
Dieu, et le Verbe était Dieu ; il a créé toutes
choses, il est la lumière qui éclaire
l'homme à sa venue en ce monde; il s'est
fait chair; il a donné à tous les hommes le
pouvoir d'être les enfants de Dieu, à la
condition de croire en lui et de relever, non
des volontés de l'homme ni des volontés
de la chair, mais des volontés de Dieu. »

Il est évident, après ce magnifique enseignement, qu'il n'y a de notre part ni
usurpation, ni exagération à appeler Dieu
notre Père. C'est un droit que nous avons.
Il lui a plu de nous le donner, nous le
possédons en toute vérité. Sans doute la
distance entre Dieu et nous est infinie;
néanmoins si grand, si puissant, si sage,
si saint, si parfait qu'il soit, et si faibles, si
infirmes, si impuissants et si imparfaits
que nous soyons sous tous les rapports,
nous sommes de nom et réellement ses

enfants : *Ut filii Dei nominemur et simus.*
Heureuse faute, pouvons–nous dire après
S. Augustin parlant de la désobéissance
de nos premiers parents, heureuse faute
qui nous a mérité d'être élevés jusqu'à
devenir les enfants de Dieu ! Gloire lui
soit à jamais rendue de cette largesse de
munificence !

Mais la qualité d'enfants de Dieu par
adoption, où nous est-elle conférée ? Au
baptême. Notre–Seigneur en a déclaré la
nécessité : « Si vous ne renaissez de l'eau
et de l'esprit, disait-il, vous n'aurez pas
en vous la vie divine. » Et il dit à ses
Apôtres, qu'il envoie conquérir le monde à
son Evangile : « Vous baptiserez les nations
en même temps que vous les enseignerez.
Vous les baptiserez au nom du Père, du
Fils et du Saint–Esprit. »

Notre adorable Médiateur a donc insti-
tué le baptême comme le moyen et la con-

dition de nous faire participer à ses mérites sanctificateurs; et ainsi, c'est par la
grâce du baptême que nous acquérons l'é-
minente qualité d'enfants de Dieu.

Voilà pourquoi celui que l'on baptise
récite de sa propre voix, s'il est adulte, et
s'il ne l'est pas, par la voix de son parrain
et de sa marraine, l'Oraison dominicale,
que S. Augustin appelle la véritable prière
des nouveaux baptisés, puisque c'est au
baptême que l'on reçoit le droit de dire à
Dieu : Notre Père ; et voilà pourquoi la cé-
rémonie du baptême se termine par la
lecture, sur la tête de celui qui vient de le
recevoir, des sublimes paroles de l'E-
vangile de S. Jean que nous citions tout à
l'heure.

Il est une autre circonstance où on les
récite encore sur nous, c'est à l'instant de
la mort. Au baptême, cette récitation
proclame que nous sommes enfants de

Dieu; à notre sortie d'ici-bas, elle proclame que nous allons participer à l'héritage de notre Père, *si filii Dei et hæredes.* Les chrétiens de la primitive Eglise transcrivaient de leur main cette adorable page du livre divin, et ils demandaient qu'on la mît avec eux dans le cercueil, comme la garantie de leur immortalité et de leur glorieuse résurrection.

Mais à qui cette qualité d'enfants de Dieu appartient-elle? A tous les hommes. L'apôtre S. Paul déclarait qu'il n'y avait plus de distinction entre le Grec et le Barbare, entre le Juif et le Gentil, entre le libre et l'esclave; que tous les hommes, quels que fussent leur pays et leurs rangs, étaient appelés à la régénération spirituelle, aux grâces abondantes qu'elle dispense, et d'abord à celle si glorieuse d'enfants de Dieu.

Assurément, les hommes ne peuvent pas

être semblables les uns aux autres quant à l'origine, à la fortune, à la science, à l'autorité. La différence des conditions est de Dieu; bien qu'elle n'ait pas existé primitivement, elle devait dans la suite surgir forcément de la diversité des aptitudes, de la diversité des circonstances qui les favorisent, de la diversité des applications et des réussites dans le travail. Quoi qu'on puisse dire, et quoi qu'on puisse tenter, cette inégalité sociale subsistera. La conduite peut la modifier et la modifie en effet; on voit des infériorités, socialement parlant, grandir, s'élever, se glorifier par de nobles actions; et au contraire, on voit des supériorités du même ordre s'abaisser, se dégrader et s'affaisser au sein des immoralités.

Mais par le titre d'enfants de Dieu qui appartient à tous, l'égalité se trouve établie parmi les hommes, quelle que soit d'ailleurs la diversité de leurs conditions au milieu de la société. Le pauvre est l'égal du riche; l'ignorant, du savant; le faible, du fort. L'enfant enveloppé de débris de vêtements, et l'enfant enveloppé d'étoffes soyeuses, lorsqu'ils ont reçu le baptême, et par le baptême, sont aussi grands l'un que l'autre. Leur commune origine en Adam leur confère une première égalité : l'égalité naturelle ; et leur naissance en Jésus-Christ leur confère une seconde égalité : l'égalité surnaturelle ; par l'une, ils sont les créatures de Dieu; par l'autre, ils sont ses enfants. Elevés à ce même honneur, il n'y a plus sur ce point, qui certes est capital, aucune différence entre eux.

Le royaume des cieux, ou la parole de Notre-Seigneur est semblable, dit-il lui-même, à un grain de sénevé jeté en terre. Il devient un arbre, et les oiseaux du ciel se reposent sur ses branches. Tous les déshérités du monde, tous les membres des classes qu'on dit inférieures, dont le paganisme n'avait aucun souci, tous les pauvres, tous les malheureux, ces petits oiseaux sans abri, sans aliments, ont l'arbre de l'Évangile qui leur tend ses branches; ils y trouvent le repos, ils renaissent à la vie, au sentiment de leur valeur personnelle et sociale, en s'y nourrissant de leur glorieuse qualité d'enfants de Dieu, qui ne leur appartient pas moins qu'aux plus favorisés des biens de la fortune.

Considérons maintenant quelles conséquences pratiques nous sont imposées par notre qualité d'enfants de Dieu.

SECOND POINT.

Nous devons avoir en profonde estime l'auguste qualité d'enfants de Dieu. Nous devons la respecter dans le prochain ; et nous devons la soutenir en nous par la manière de nous conduire.

C'est ici qu'il faut répéter l'exhortation du grand pape S. Léon : « O chrétien, reconnais ta dignité, elle te rapproche de Dieu jusqu'à t'égaler en quelque sorte à lui. N'y a-t-il pas une certaine égalité entre le père et le fils ? Or, tu es l'enfant de Dieu. Sans doute, tu ne l'es que par l'adoption qu'il a faite de toi ; mais l'adoption donne à celui qui la reçoit, la participation aux avantages du fils par nature. L'apôtre S. Pierre t'enseigne que ta qualité de chrétien, d'enfant de Dieu, te rend participant de la nature divine, *divinæ*

consortes naturæ. » Bossuet, rappelant le
fait d'un ambassadeur, qui, paraissant au
milieu des sénateurs romains, se crut dans
une réunion d'autant de rois, déclare que
pour lui, dans une assemblée de chrétiens,
d'hommes baptisés, il lui semble qu'il est
en présence d'autant de dieux. O chrétien !
aie-toi donc en noble et glorieuse estime.

Nous devons comprendre maintenant
pourquoi les saints, ces véritables grands
hommes dans tous les temps, mettaient
la grâce de leur baptême bien au-dessus
de toutes les richesses, de tous les honneurs.

S. Louis, placé si haut par sa foi, par
sa sagesse, par sa vaillance ; l'une de ces
personnalités qui restent seules à l'horizon
du temps, comme il n'y a que les montagnes
qui demeurent à l'horizon de l'espace.
signait souvent ses actes du nom de Louis
de Poissy, parce que c'était à Poissy qu'il

avait été baptisé. De nos jours, les fidèles disciples de Notre-Seigneur, ou, en d'autres termes, les bons chrétiens, solennisent chaque année avec amour l'anniversaire de leur baptême.

Il est une coutume que nous suivons généralement, c'est celle de la célébration de ce que nous appelons notre fête. Elle se rattache à notre baptême, puisque c'est en le recevant que le nom du saint ou de la sainte que nous portons, nous a été donné. Mais cette fête éveille-t-elle assez, et même éveille-t-elle en nous le souvenir de notre baptême, le souvenir que nous devînmes alors les enfants de Dieu ? Renouvelle-t-elle en nous les sentiments de joie, de gratitude et d'amour que nous devons avoir pour ce glorieux caractère ? Ah ! les titres que nous possédons sur la terre, si brillants qu'ils soient, ne nous suivront pas quand nous la quitterons, ou, s'ils nous

suivent, ce ne sont pas eux, mais le titre d'enfants de Dieu, qui nous méritera l'éternel héritage.

Il faut honorer cette qualité d'enfants de Dieu dans le prochain. S. Paul disait : « Honorez-vous mutuellement.» Aussi bien, par la Rédemption nous avons le même Père et nous sommes tous frères. Entendons le divin Sauveur : « Vous êtes tous frères, parce que vous avez le même Père qui est au ciel. » Après cela se pourrait-il que le prochain, si différent que le fasse de nous sa condition, ne soit pas toujours traité par nous avec les égards du respect, de la bienveillance et de l'affection ? Se pourrait-il que dans notre langage, dans nos manières, par des procédés quelconques, nous affectassions une hauteur qui semblerait établir que nous sommes d'une autre nature que lui ? Se pourrait-il que nous ne prissions pas intérêt à sa situation

morale ou matérielle, pour l'améliorer au
besoin et pour alléger d'autant le fardeau
qu'elle lui fait porter ? Se pourrait-il que
l'atroce maxime, « Chacun chez soi, chacun
pour soi, » nous rendît insensibles aux
maux qu'il endure, et qu'une certaine solidarité ne nous les fît pas ressentir ?

Comment oserions-nous dire que le
prochain est notre frère, si, pouvant le
soulager dans ses détresses, nous ne le
soulagions pas ? C'est la parole de S. Jean.
La fraternité chrétienne n'est pas un vain
mot, elle n'est pas seulement du respect, elle est une affection véritable ; mais
le serait-elle si la communion des biens
et des maux, du bonheur et du malheur
avec le prochain, n'existait pas en une
certaine mesure ? C'est par le dévouement
que cette communion fraternelle s'établit
et se conserve. Il oblige dans la proportion des priviléges de fortune et de puis-

sance qu'on a reçus de Dieu. Loin donc d'être plus libre par ces priviléges, on est plus esclave ; et au lieu de pouvoir vivre plus à soi-même, on doit vivre plus au prochain.

Et c'est alors qu'on voit venir dans les hôpitaux (1) le dévouement chrétien consoler le malade, si dangereux que puisse être son contact ; c'est alors qu'on le voit descendre dans les prisons, s'approcher du coupable, lui parler, l'écouter, le relever à ses propres yeux, restaurer en lui le sentiment de la dignité personnelle, et lui préparer par des remords salutaires le bénéfice d'un élargissement rapproché. C'est alors que ce dévouement médite, trouve, et met en œuvre les moyens d'aider le travail dans ses nécessités transitoires, par des avances que son honneur lui fera

(1) Visite de l'Impératrice dans les hôpitaux et dans les prisons.

rembourser fidèlement (1). Le dévouement chrétien ! il a fait de bien belles
actions ! il lui en reste à faire de non
moins belles, et de bien nombreuses !

Or, prescrit dans toute la suite de l'O-
raison dominicale, où l'intérêt du prochain se trouve mêlé au nôtre à chaque
demande, puisque nous la faisons pour lui
en même temps que pour nous, ce précieux dévouement est l'un des principaux
témoignages du maintien en nous de la
dignité d'enfants de Dieu, parce qu'il est
l'une de ses principales obligations.

Nous convenons assurément qu'une
ressemblance, et la plus exacte possible,
doit exister entre le père et le fils :
il faut par conséquent qu'elle se trouve
entre Dieu et nous. Notre Sauveur le pro-
clamait en disant : « Soyez parfaits comme

(1) Fondation par l'Impératrice de la *Société du Prince
Impérial.*

le Père céleste est parfait. » Mais nous ne voyons pas Dieu, ou bien nous ne le voyons qu'à travers les idées de notre raison et les enseignements de la foi. Comment alors pouvoir nous faire à sa ressemblance? Rien de plus facile : car le Fils de Dieu, qui s'est fait homme, qui a vécu parmi les hommes, Notre-Seigneur Jésus-Christ, nous a montré dans ses actions quelles devaient être les nôtres pour que nous fussions semblables à Dieu.

Ainsi tout est simplifié, et tout est visible. Nulle nécessité de recherches métaphysiques, de pénibles investigations au-dessus d'ailleurs de la capacité de la plupart des hommes. L'exemplaire a été mis sous nos yeux, il suffit de le regarder, de le contempler dans sa vie et de le reproduire avec fidélité. Etre comme lui, c'est être comme le Père qui nous a adoptés. Nous lui ressemblons au degré où

nous ressemblons à son Fils par nature,
qui est sa parfaite image comme homme,
parce qu'il est la parfaite réalisation de sa
volonté. Modèle achevé, tendre à sa ressemblance, c'est notre premier, notre
suprême, notre unique devoir. Ecoutez-
en de sa part la solennelle leçon : « Je vous
ai donné l'exemple, afin que vous fassiez
comme j'ai fait; je suis la voie par laquelle
vous devez marcher, suivez-moi ! »

Notre Père qui êtes aux cieux, votre
bonté, par la création, nous avait élevés
bien haut; mais votre miséricorde, par la
rédemption, nous a élevés plus haut encore. Votre bonté nous avait faits vos
images; votre miséricorde nous a faits vos
enfants. Nous vous remercions de ces deux
grâces. La seconde est si grande, si in-
signe, si excessive, qu'on hésiterait à y
croire. Elle est certaine toutefois. Il faut
qu'elle apparaisse, qu'elle brille, qu'elle

rayonne habituellement dans notre conduite, dans toutes nos actions, par leur
conformité à celle de votre Fils notre Rédempteur.

Vous êtes aux cieux, notre Père ! comme
vous possédez tout dans l'immense simpli-
cité de votre nature, le ciel pour vous c'est
vous-même, ce sont vos perfections infinies, où vous trouvez et prenez vos immor-
telles complaisances. Le ciel pour nous,
c'est vous également; vous, contemplé sans
obstacle, sans voile, face à face. Oh ! c'est
alors que nous vous bénirons de toutes
nos puissances, et avec quelle sainte
ivresse ! de nous avoir faits vos enfants,
notre Père qui êtes aux cieux ! Amen.

ORAISON DOMINICALE

II

SANCTIFICATION DU NOM DE DIEU.

II

SANCTIFICATION DU NOM DE DIEU.

Sanctificetur nomen tuum.

Que votre nom soit sanctifié.

SIRE,

Il est manifeste que nous sommes enfants de Dieu par la grâce de l'adoption. Ce titre magnifique, qui est réel, nous confère une grandeur qui semble tout d'abord impossible.

D'ailleurs, il est le privilége de tous les

hommes sans distinction de pays, de race et d'état, établissant entre eux une véritable fraternité, qui leur commande de s'honorer, de s'aimer, de s'aider mutuellement. La solidarité de grandeur surnaturelle leur impose une certaine solidarité d'existence de l'ordre moral et matériel.

On ne saurait rejeter cette conclusion pratique. Aussi bien, si les hommes sont membres d'une seule et même famille, et cela est certain, il faut que les sentiments de la famille les animent les uns pour les autres. Et tous, en outre, doivent vivre de telle sorte, que par leur vie ils glorifient leur Père commun qui est aux cieux.

Cette glorification de Dieu est ordonnée dans toute la suite de l'Oraison Dominicale. Mais elle l'est d'une manière spéciale dans la demande : Que votre nom soit sanctifié. Elle va faire le sujet de cet entretien,

où nous considérerons d'abord en quoi
consiste la sanctification du nom de Dieu ;
ensuite, combien sa pratique est un acte
naturel et obligatoire ; enfin, les avantages
qu'elle assure à ceux qui s'en acquittent.

PREMIER POINT.

En quoi consiste la sanctification du
nom de Dieu ? et d'abord, qu'est-ce que le
nom de Dieu ?

Le nom de Dieu, c'est Dieu lui-même,
son existence, ses attributs, ses œuvres,
dont les principales sont la création et la
rédemption, cause et but de toutes les autres. Le nom de Dieu, c'est sa présence en
tous lieux ; il est partout, il voit tout, il
entend tout, nos pensées les plus intimes
lui parlent, aucun fait ne lui échappe, il

n'y a pour lui ni ténèbres épaisses, ni solitude impénétrable.

« Où irai-je, Seigneur, dit le prophète,
pour me dérober à votre Esprit? et où
m'enfuirai-je devant votre face? Si je
monte au ciel, vous y êtes; si je descends
dans l'enfer, vous y êtes encore. Si je
prends des ailes dès le matin, et si je vais
demeurer aux extrémités de la terre, votre
main même m'y conduira, et ce sera votre
droite qui me soutiendra.

« Et j'ai dit : Peut-être que les ténèbres
me cacheront; mais la nuit même devient
toute lumineuse pour me mettre à décou-
vert dans mes plaisirs, parce que les ténèbres n'ont aucune obscurité pour vous,
que la nuit est aussi claire que le jour, et
que les ténèbres et la lumière ne sont
qu'une même chose. »

Le nom de Dieu, c'est son action souveraine dans le monde; rien n'arrive sans

sa volonté ou sa permission ; le bien, il
l'ordonne ; le mal, il le défend ; le bien,
il le veut directement ; le mal, il le to-
lère. Ayant donné à l'homme la liberté, il
le laisse agir à son gré, s'étant réservé
de lui demander un jour compte de
tout ce qu'il aurait fait ; si c'est le bien,
pour l'en récompenser ; si c'est le mal,
pour l'en punir.

D'après cette définition du nom de
Dieu, le sanctifier, c'est confesser son
existence, ses perfections, l'ensemble et le
détail de son action incessante ; son gou-
vernement, qui s'étend à toutes choses ; sa
providence, qui est l'exercice de ses divers
attributs ; c'est le voir dans toutes les
créatures, dans le brin d'herbe, dans le
grain de sable, dans le parfum des fleurs,
dans les richesses de là terre, dans la ma-
gnificence des eaux, dans les splendeurs
du firmament, dans la vie, dans la santé,

dans la maladie, dans la mort, dans la paix, dans la guerre, dans la prospérité, dans les revers, dans la fortune, dans l'indigence, dans le travail, dans l'autorité, dans la sujétion, dans le savoir, dans la fermeté du caractère, dans la générosité du cœur, dans les clartés de l'intelligence, dans les intentions du génie, dans l'homme qu'il a tiré du néant, dans la famille qu'il a constituée, dans la société qu'il a organisée. En un mot, c'est voir Dieu en toutes choses et toujours.

Sanctifier le nom de Dieu, c'est donc communier par la pensée à ce qu'il est, à ce qu'il a fait, à ce qu'il opère; mais cette communion, qui est un acte de l'esprit, ne peut exister sans que le cœur s'embrase d'admiration et d'amour pour Dieu; sans que toutes les facultés, chacune en sa fonction, s'empressent de l'adorer, de le louer, de le bénir, de le remercier, de l'implorer. C'est alors que son nom est vraiment sanctifié.

Le savant qui découvrit la loi de la gravitation et d'autres lois encore, sanctifiait le nom de Dieu, lorsque au milieu de ses profondes élucubrations, se sentant écrasé, pour ainsi dire, sous le poids de la présence de Dieu, qui lui apparaissait comme un grand œil ouvert, il éprouvait le besoin de se lever, de se prosterner et d'adorer. Le voyageur qui pénétra le mystère des hiéroglyphes, et montra d'une date récente, certain monument dont on se prévalait pour donner un démenti à la chronologie de Moïse, sanctifiait le nom de Dieu, lorsque, le soir, au milieu du désert, se trouvant entre deux mondes sans limites, l'un de lumière au-dessus de sa tête, l'autre de sable à ses pieds, il s'écriait : « Bonté, sagesse, puissance infinies, vous m'apparaissez à travers cette immensité ;

recevez l'hommage de mes ravissements et de ma dépendance absolue.» Elle sanctifie le nom de Dieu, la vieille femme de la campagne, qui, sous le faix d'une lourde charge, chemine en récitant le chapelet, qui s'agenouille pour dire l'*Angelus*, lorsque la cloche de l'église en sonne les heures, et qui, devant les terribles menaces de l'éclair, se couvre du signe de la croix. Il sanctifie le nom de Dieu, le jeune enfant qui joint ses mains, lève au ciel ses yeux limpides d'innocence, et demande au Seigneur de bénir son père et sa mère, de bénir le petit orphelin pauvre, de bénir la souffrance, la douleur, la misère, tous les affligés, tous les malheureux. Notre - Seigneur Jésus-Christ sanctifiait souvent comme homme le nom de Dieu. S'éloignant des foules, se séparant des apôtres, se retirant dans des endroits écartés et sur les montagnes,

prosterné la face contre terre, il rendait à
la souveraine Majesté la gloire qui lui appartient : et avec quelle attention, quel
recueillement, quel amour! Les anges,
qui en étaient témoins et qui le con-
templaient en l'adorant, n'auraient pas
été capables eux-mêmes de le dire!

A la suite de notre Sauveur, par son
exemple, et à cause de la connaissance
plus grande qu'il nous a donnée de *Celui
qui est*, les adorateurs de Dieu en esprit et
en vérité sont devenus nombreux. Il en
est auxquels ce n'est pas assez de quelques
instants pour l'élévation de leur âme vers
lui, chaque jour; il leur faut des heures.
Ils savent se les ménager au sein de la
solitude, ou bien malgré le commerce ha-
bituel avec leurs semblables. Cette sanctification du nom de Dieu, bien loin de
rendre indifférent aux devoirs de la société
et de la famille, comme on a osé le dire

quelquefois, les consacre au contraire et les fait remplir plus fidèlement. En toutes choses, et pour toutes choses, l'amour de soi-même, sans l'amour de Dieu, produit l'égoïsme, au lieu que l'amour de soi-même avec l'amour de Dieu enfante la charité. Les œuvres fondées et entretenues en faveur du prochain le témoignent hautement et d'une manière éclatante.

Considérons maintenant combien la sanctification du nom de Dieu, dont notre adorable Sauveur devait nous donner l'exemple, est un acte naturel et de rigoureuse obligation.

DEUXIÈME POINT.

Il est vrai de dire que toutes les créatures sanctifient le nom de Dieu : car toutes le glorifient selon l'ordre et dans la mesure de leurs facultés. Elles acclament par le fait de leur existence seule, et par ce qu'elles ont de valeur, la souveraine Puissance et la Sagesse souveraine qui les a tirées du néant. Elles forment, réunies, un ensemble de merveilles nombreuses et diverses, du sein desquelles un hymne s'élève à la gloire de leur divin Auteur. C'est comme un concert de ravissante harmonie. L'homme a pour devoir naturel d'élever ce concert, de le conduire, et de l'animer par son intelligence et par son cœur. Les autres créatures ne savent ni ce qu'elles sont, ni ce qu'elles font. L'homme le sait, au contraire, c'est là ce qui constitue son immense supériorité. Par sa substance corporelle, il tient à la matière inerte, et par son esprit, il donne une âme aux hommages qu'elle rend au souverain Seigneur de tous les êtres.

On a déclaré que si l'on assistait au spec-

tacle de l'univers sortant de l'abîme du
néant, le premier objet qui frapperait les
regards ce serait un autel, et à l'autel
l'homme rendant grâces à Dieu de l'avoir
admis, ainsi que des créatures sans
nombre, au bienfait de l'existence. Mais
ce qui apparaîtrait au moment de la création doit apparaître toujours, puisqu'elle
se perpétue à travers les âges, et que par
là, l'homme est obligé de génération en
génération, chaque jour, à chaque instant
du jour, de bénir l'éternelle Majesté, et de
sanctifier son nom.

Cet acte est si naturel, qu'il ne s'est
jamais rencontré de peuple où il n'ait
pas eu sa pratique officielle et publique.
Les nations les plus sauvages n'ont-elles
pas, dans le passé comme dans le présent, des fêtes religieuses, des temples,
des autels, des sacrifices, des victimes?
Au milieu de ces temples, auprès de ces

autels, n'ont-elles pas offert à Dieu des
adorations, des supplications, des actions
de grâces? Certaines de ces nations, sans
doute, n'ayant pas été éclairées des lumières de la foi, sont assises dans les ténèbres de l'erreur, qui sont celles de la
mort. Leurs croyances religieuses, civiles
et politiques s'en trouvent altérées, et par
suite ces nations souffrent dans leur vie
individuelle, domestique, et sociale.

Qu'elles sanctifient le nom de Dieu
d'une manière plus juste et plus légitime!
Que leurs idées, mêlées d'erreurs sur l'Etre
des êtres, sur sa nature, sur ses œuvres,
soient purifiées, et qu'elles reçoivent, avec
ce bienfait, celui de la véritable civilisa-
tion dont il est la cause unique! Au milieu de nous existe une œuvre à jamais
bénie, qui se propose de dispenser à l'Eglise
les moyens matériels de porter la lumière
de l'Evangile aux contrées qu'il n'a pas

encore éclairées, ou qui n'ont pas pu se
maintenir dans la possession de sa lumière. Cette œuvre est celle de la Propagation de la Foi. O France ! à jamais et
toujours l'instrument des grands actes de
la miséricorde divine; c'est dans ton sein
que cette œuvre est née; c'est dans ta charité qu'elle trouve ses principales ressources; c'est toi qui fournis, plus que
tous les autres pays catholiques ensemble,
les zélés apôtres qui vont, à travers des
espaces immenses de terre et de mer,
prêcher la bonne nouvelle de la Rédemption.

Une pauvre ouvrière, dans la seconde
ville de l'Empire, — ce fait, Sire, mérite
d'être signalé à la grandeur et à la générosité de vos pensées chrétiennes, — dit
à quelques-unes de ses compagnes, ga-
gnant à peine comme elle, par un travail
opiniâtre, leur suffisance quotidienne :

« Si nous économisions chaque semaine cinq centimes, nous pourrions former une petite somme que nous mettrions à la disposition du missionnaire pour aider son dévouement, qui court tant de dangers, qui endure tant de privations et qui supporte tant de sacrifices. » La proposition est acceptée avec une grande joie; le grain de sénevé est jeté en terre, et bientôt apparaît l'arbre magnifique de l'œuvre de la Propagation de la Foi. Il n'est pas un chrétien qui ne se fasse un honneur et une félicité de participer au bien qu'elle accomplit, et aux grâces spirituelles dont l'Eglise l'a comblée.

La pratique universelle de la sanctification du nom de Dieu nous dit combien elle est ordonnée à l'homme par sa raison, et réclamée par sa nature. Il aspire à s'unir à l'existence infinie. Tout ce qui est borné le fatigue, l'épuise, sans le satisfaire; de

6

toute la force de ses instincts et de ses
besoins, il réclame Dieu : de cette sorte, il
faut qu'il le sanctifie ou qu'il le nie, qu'il
dise : Il n'y a pas de Dieu, ou : Tout est
Dieu, ce qui revient au même.

Mais, est-ce donc qu'il y a des athées, de
ces hommes qui s'efforcent vainement
d'expliquer sans Dieu l'univers, son existence et son admirable législation; des
hommes qui, pour ne pas vouloir supporter quelques difficultés d'une solution
satisfaisante, se jettent dans des difficultés nombreuses et inextricables; de ces
hommes, dont Bossuet a dit que leur rencontre devrait être estimée une calamité
publique? Aussi bien, ils dépouillent toute
chose de sa raison d'existence, le pouvoir,
la sujétion, l'équité, le dévouement. Ils
ôtent à la société son âme, ils la privent
de la conscience qui est sa seule garantie,
et la livrent aux chances de la force maté-

rielle. Avec ces hommes, le crime est sans remords, la douleur sans consolation, la vertu sans récompense, le malheur sans espoir, le travail sans soutien ; et il reste au génie, pour s'inspirer, le néant seul, au-dessus duquel il ne peut entonner que l'hymne de la mort.

Mais, encore une fois, y a-t-il des athées ? cet égarement ne semble-t-il pas impossible ? Comment, en effet, ne pas reconnaître dans l'existence passagère, épanouie sous nos yeux, une cause première, l'Existence immuable. Chaque page, chaque ligne, chaque mot du livre splendide des choses créées, acclament un Etre suprême, ses perfections et ses œuvres, et commande la glorification et la sanctification de son nom.

Mais s'il est, ce semble, au-dessus des forces de l'homme de dire dans son esprit : Il n'y a point de Dieu, et si les

athées par principe n'existent pas, il en
est qui le sont par conduite, et le nombre
n'en est que trop grand. Ce sont tous les
hommes qui ne pensent pas plus à Dieu
que s'il n'existait pas, que s'ils n'avaient
rien reçu, rien à recevoir de lui ; qui ne le
prient jamais ou que bien rarement ; qui
ne prononcent son nom qu'en blasphé-
mant ; qui ne paraissent dans ses temples
que lorsqu'ils y sont forcés par des posi-
tions officielles, et par des convenances
sociales, pour s'unir aux douleurs d'une
famille qui pleure l'un de ses membres, ou
pour s'unir à ses joies d'une alliance con-
jugale qui se forme dans son sein.

Ne soyons pas de ces hommes inconsé-
quents qui croient, mais qui ne pratiquent
pas. Sanctifions le nom de Dieu ; élevons
vers lui notre âme dès le matin, lorsque le
sentiment de l'existence se réveille en
nous, et le soir, avant qu'il se perde dans

le sommeil. Entre ces deux moments, que la pensée de Dieu redevienne présente à notre esprit ; qu'elle nous éclaire, nous fortifie, nous anime au milieu de nos occupations multipliées ; qu'elle nous fasse communier à sa majesté suprême pour l'adorer, à sa bonté pour la remercier, à sa sagesse pour l'exalter, à sa justice pour la craindre, à sa miséricorde pour l'implorer, à son omniprésence pour la respecter.

Gloire à Dieu au plus haut des cieux ! disaient les anges à la naissance du Rédempteur. C'est comme s'ils eussent dit : Sanctifiez le nom de Dieu. Aussi bien sa gloire essentielle, il la tire de lui-même, de son infinie beauté, de sa perfection. Mais il y a sa gloire par ses créatures, par les qualités plus ou moins grandes dont il les a dotées, en les faisant participer à la vie à un degré plus ou moins élevé. Elles

sont, comme dit S. Augustin, sa réverbé-
ration, par conséquent sa glorification.
Tous les phénomènes qu'elles produisent,
conformément à leur fin, et selon les
forces de leur nature, lui rendent gloire
également. Cette gloire est d'autant plus
belle de la part de l'homme, qu'en la rendant à Dieu, il se montre vraiment son
image, le chef-d'œuvre de ses mains, l'objet de ses complaisances particulières.

Ces pensées vont être éclairées et com-
plétées par la considération qui nous
reste à faire, des effets de la sanctification
du nom de Dieu dans ceux qui la pratiquent.

TROISIÈME POINT.

La sanctification du nom de Dieu élève
l'homme et l'ennoblit; elle le grandit dans

son entendement, dans sa conscience, dans sa volonté ; elle le fait créature vraiment raisonnable, elle le fait créature divine, s'il est possible et, autant qu'il est possible d'unir le Créateur à la créature. Sans doute, la sanctification du nom de Dieu n'ajoute rien à la taille corporelle de l'homme, selon le langage de Notre-Seigneur; mais elle ajoute à sa taille morale, et sous ce rapport, elle l'accroît au point qu'il est permis d'affirmer qu'il atteint la hauteur des cieux. En un mot, et encore une fois, par la pratique de la sanctification du nom de Dieu, l'homme devient créature divine.

Comment cela? Renouvelez-nous votre attention, le sujet en vaut la peine. Qui doute de l'influence des êtres et des choses sur nos dispositions ? Qui doute qu'ils ne s'emparent de nous, qu'ils ne nous pénètrent assez vite, dans la mesure de la force qu'ils possèdent, ou de la concession que nous leur faisons de nous-mêmes? Est-ce que les milieux matériels sains ou viciés où nous nous trouvons, ne sont pas utiles ou nuisibles à notre santé du corps? N'en est-il pas de même pour la santé de nos âmes? N'est-elle pas affaiblie ou fortifiée selon la nature des milieux de l'ordre moral que nous pratiquons? N'est-il pas avoué par tous et, sans conteste, que les existences que nous fréquentons nous font à leur image, comme nous les faisons à la nôtre, selon la puissance plus ou moins grande que nous exerçons les uns sur les autres? Est-ce que le savant, lorsqu'on est en relation avec lui, ne fait pas entrer en participation de sa science? Cela n'est-il pas aussi vrai, plus vrai même pour la conduite, soit de la part du déréglement, soit de la part de la vertu? On ne pourrait le mettre en question, la sagesse des nations l'ayant proclamé; écoutez son axiome : « Dis-moi qui tu hantes, et je te dirai qui tu es. »

Les effets de la sanctification du nom de Dieu doivent nous apparaître visibles maintenant. Qu'est-elle en réalité? la fréquentation de Dieu, fréquentation plus ou moins attentive, plus ou moins ardente, plus ou moins habituelle. Par sa pratique, on participe de Dieu : il nous pénètre, il nous éclaire, il nous embrase, il nous transforme, il nous tire des bassesses de la vie, il nous fait monter et marcher sur les cîmes. Alors nous ne sommes pas, ou nous ne sommes plus de la race des petits, des fragiles, des esclaves des passions : nous sommes de la race des forts, des vaillants, des géants, des saints. Maîtres de nous-mêmes et de nos appétits sensuels, nous sommes maîtres de toutes choses, nous dominons les événements ; ils s'agitent, ils se pressent autour de nous : ils ne sauraient nous asservir ; ni la satisfaction ne nous noie dans ses ivresses, ni le mécompte dans ses amertumes.

Unis à Dieu, il nous communique, autant que nous pouvons la recevoir, sa nature ; notre cœur est en haut : *Sursum corda !* Rien de ce qui est faible, vulgaire, commun, ne se mêle à nos actions. En toutes apparaissent l'ordre, la dignité, la splendeur : vivant rapprochés du soleil, nous en réfléchissons la lumière. Si l'épreuve douloureuse qui est inévitable ici-bas nous visite, nous avons le courage, la patience, la résignation qui nous sont nécessaires pour nous élever au niveau de l'épreuve ; nous sommes plus forts qu'elle ; quand elle nous briserait, ce serait sans vaincre notre âme. La victoire n'est pas moins assurée contre les aveuglements de l'ambition, de la cupidité, de la luxure, par la sanctification du nom de Dieu; s'y montrer fidèle, c'est se garantir de ces lamentables égarements. Que ne la pratiquaient-ils, ces deux jeunes gens qui osèrent, en nos jours, se jeter vivants entre les bras de la mort en disant : « Nous manquions d'air, nous avons fermé les ailes ! » Ils n'auraient pas donné ce scandale, et commis sur eux-mêmes ce criminel attentat ! L'air ne leur aurait jamais manqué; c'est pur et abondant qu'ils l'auraient respiré dans l'élément même de la nature humaine, en Dieu, dans la souveraine vérité et la souveraine beauté.

Notre Père qui êtes aux cieux, sanctifier votre nom n'est pas seulement pour nous un devoir, c'est un besoin. Notre nature vous appelle, elle vous cherche sans cesse, parce que vous êtes notre fin en même temps que notre principe. Nous vivons

attachés à vous, en y pensant ou à notre
insu, comme toujours est attachée au
soleil la plante qui en porte le nom. C'est
vous et toujours vous que nous réclamons
des diverses créatures auxquelles nous
nous adressons pour la satisfaction de nos
désirs; mais comme elles ne la contiennent
pas, elles ne sauraient nous la fournir.
Aussi ne produisent-elles en nous que de
l'agitation. Cette agitation croît, elle devient quelquefois une crise violente, une
tempête qui trouble, tourmente, boule-
verse nos facultés. Le calme, la paix, la
dignité de soi-même, les joies sans mélange, le sentiment du bien-être réel, c'est
vous qui les donnez, et dans la mesure
où l'on s'unit à vous, par d'attentives
contemplations au milieu desquelles on
vous voit, on vous adore, on vous remercie, on vous glorifie en toutes choses et
pour toutes choses. Les émotions que l'on

éprouve alors sont comparables à celles de S. Pierre au Thabor, quand il s'écriait : Nous sommes bien ici, demeurons-y ! En effet, c'est un commencement de votre possession, un commencement du ciel ou l'on vous possède pleinement. Que votre nom soit sanctifié, notre Père qui êtes aux cieux !

Amen !

ORAISON DOMINICALE.

III

LE RÈGNE DE DIEU.

III

LE RÈGNE DE DIEU.

Adveniat regnum tuum.

Que votre règne arrive.

Sire,

S'il est une vérité que la raison de
l'homme et sa conscience proclament,
c'est bien celle de l'obligation absolue
pour lui d'être en relations formelles et
fréquentes avec la souveraine Majesté qui
l'a tiré du néant.

8

Jamais on ne concevra que l'homme, objet des attentions de Dieu qui lui a donné l'existence et qui la lui conserve, puisse vivre sans le remercier, sans le bénir et sans le glorifier.

Il n'y a que l'aveugle, que l'Écriture sainte appelle insensé, parce qu'il dit en son cœur : Il n'y a point de Dieu, qui soit en droit, droit faux et sacrilége, de ne pas sanctifier le nom de Dieu, et de ne pas lui offrir l'hommage de tout ce qu'il est, et de tout ce qu'il fait.

Lorsqu'on confesse un Être suprême, souverain créateur et conservateur de toutes choses, aussitôt se dresse l'obligation des rapports habituels avec lui, avec son existence, avec ses adorables attributs, avec sa providence qui est l'exercice de ces mêmes attributs, avec sa présence en tous temps et en tous lieux, avec son action incessante et universelle.

Il n'est pas moins évident qu'il doit régner en nous; et ce règne, il faut l'appeler
de toute l'ardeur de nos désirs, de toute
l'énergie de nos aspirations.

Que votre règne arrive !

Mais ce règne, qu'est-il? Nous le consi-
dèrerons sous deux aspects principaux : le
règne de Dieu avec nous ici-bas, par sa
grâce; le règne de Dieu, ou Dieu avec
nous dans sa gloire, après cette terre.

PREMIER POINT.

Donnons d'abord notre attention au
règne de Dieu en nous par sa grâce. Notre-
Seigneur Jésus-Christ a fait cette déclara-
tion solennelle : Si quelqu'un m'aime, il
gardera mes commandements, et le Père
et moi, nous viendrons en lui, et en lui
nous ferons notre demeure. C'est bien

alors que le règne de Dieu nous est arrivé.
Mais pour pratiquer les commandements
de Notre-Seigneur et pour nous maintenir
dans cette pratique, son secours ou sa
grâce nous est nécessaire, et nous le lui
demandons en disant : Que votre règne
arrive !

Il n'est pas douteux que pour nous établir dans l'ordre moral et y rester, nous
ayons besoin de l'assistance d'en haut;
l'Ecriture sainte l'atteste à chaque page,
où se trouvent de nombreuses prières par
lesquelles nous la demandons. Le livre
des Psaumes en est une continuelle. Le
Prophète royal, et dans sa personne l'humanité tout entière, sollicite avec ardeur
et avec confiance, quelquefois avec des
gémissements, et même avec des cris de
détresse, l'intervention de Dieu pour
garder la fidélité à ses ordres. S. Paul,
le merveilleux docteur de la grâce, qui en

a révélé la nature, la nécessité, les divers effets, termine toutes les lettres qu'il écrit aux fidèles en leur souhaitant la grâce de Dieu, et la communication du Saint-Esprit. Parlant de lui-même et disant qu'il avait été le persécuteur de l'Eglise, dont il était devenu un vase d'élection, il ajoutait : « Ce que je suis, je le suis par la grâce de Dieu. »

Mais d'où vient cette nécessité de la grâce pour l'accomplissement du devoir? Elle vient de l'impuissance où nous sommes, avec nos ressources naturelles, de pratiquer la vertu et même de le vouloir. Triste suite de la perturbation primitive! Depuis ce moment fatal, et à jamais déplorable, il y a en nous deux courants : l'un qui nous porte vers Dieu qui est notre fin, et l'autre, vers les créatures qui ne sont pas notre fin.

Notre intérieur est donc un champ de

bataille où luttent entre elles deux forces
contraires : l'une de vie pour nous unir à
Dieu, et l'autre de mort pour nous en séparer. Les choses sont identiques au sujet
de notre corps ; en lui se trouvent deux
éléments : l'un de vie, l'autre de mort ;
selon celui des deux qui l'emporte, c'est
la santé ou la maladie ; mais enfin tôt ou
tard nous succombons sous le principe de
mort : ce que nous n'avons pas à craindre
pour l'existence morale, ou le règne de
Dieu dans nos âmes. Si nous le voulons,
jamais le principe de mort ne nous bles-
sera ; à plus forte raison ne nous fera-t-il
pas mourir. Oui, si nous le voulons, l'immortalité dans le bien nous est assurée.

Mais la lutte n'en subsiste pas moins
réelle et inévitable. Les deux forces n'en
sont pas moins aux prises l'une avec
l'autre, se disputant l'empire de notre
cœur, comme deux hommes qui s'étrei-

gnent. Quand l'un des poëtes qui ont tant
illustré notre langue exprimait en vers
harmonieux à Louis XIV cette lutte, ces
deux forces, ces deux hommes, le mo-
narque répondait : « Hélas ! je ne les connais que trop, ces deux hommes ! » Et lui
qui disait : « L'Etat, c'est moi, » permettait
à Bossuet de lui adresser du haut de la
chaire, avec le respect qui est, en toute circonstance, le droit de l'autorité, ces belles
paroles : « Après toutes vos victoires, il vous
reste un ennemi à vaincre, vous-même. »

N'est-ce pas à cause de cette lutte
violente que la sagesse antique disait : Je
vois le bien, je l'approuve, je le veux ; et
pourtant le mal m'entraîne ? N'est-ce pas
à cause et au milieu de cette lutte que l'a-
pôtre S. Paul se plaignait des malignes
obsessions et demandait à Dieu d'en être
délivré ? Il lui fut répondu du haut du
ciel : « Ma grâce te suffit, combats. »

Mais quelle est l'opération de la grâce en nous? Elle nous éclaire, elle nous sollicite, elle nous détermine : elle éclaire notre esprit, elle sollicite notre cœur, elle détermine notre volonté. Pour bien saisir cette opération, il faut considérer la génération de nos actes : chacun de ces actes est le fait de la volonté, mais il est conçu par le cœur sous la fécondité de l'esprit. C'est pour cette raison que l'on dit : Voir c'est faire. Comment cela? N'est-il pas certain que nous n'agissons que dans le but de notre félicité? par conséquent, avant de faire une action et pour la faire, il faut que l'esprit voie qu'elle nous donnera du bien-être; lorsqu'il l'a reconnu, le cœur, qui veut le bien-être, aime cette action, il la réclame, et alors la volonté la produit. Sans doute l'esprit se trompe quelquefois, il voit faussement, et le cœur se trouve égaré; mais il n'en séduit pas moins avec une entière bonne foi, sous l'impression du bonheur qui lui apparaît, la volonté chargée d'exécuter.

Il est facile maintenant de saisir l'opé- ration de la grâce. Elle éclaire l'esprit; sous cette clarté, il voit les choses telles qu'elles sont réellement : le vice avec sa laideur et ses funestes suites, la vertu avec sa beauté et ses salutaires effets; l'un et l'autre, avec leur portée heureuse ou mal- heureuse pour nous. Et, comme nous ne sommes pas assez ennemis de nous-mêmes pour préférer ce qui doit nous nuire, nous concluons qu'il faut faire l'acte qui est beau et qui est bon. De cette sorte, la vertu se pratique, le principe de vie triomphe, le règne de Dieu est advenu.

Il importe de remarquer que la grâce, si puissante qu'elle soit, ne violente ni l'esprit, ni le cœur, ni la volonté. Elle les laisse en possession d'eux-mêmes; son ac-

tion n'anéantit pas leur liberté. La preuve,
c'est que nous ne sommes pas toujours
fidèles à la grâce; bien souvent, au con —
traire, pour une cause ou pour une autre,
nous lui résistons. Ce qui faisait dire à
S. Philippe de Néri ces touchantes paroles
pleines de foi et de piété : « Défiez-vous
de moi, Seigneur; car je pourrais bien
vous échapper. » Et qui donc n'a pas
échappé à Dieu? Ils lui échappèrent, nos
premiers parents qui étaient dans de bien
meilleures conditions de vie morale que
nous. Notre propre histoire montre en ce
moment à chacun de nous, les fois si
nombreuses où il a échappé à Dieu; comment, et jusqu'à quel point. Seigneur,
défiez-vous de nous !

Cette parole est une vive prière. Aussi
bien, c'est par la prière et par les sacre-
ments que la grâce nous est donnée. Dieu
ne la refuse à aucune de ses créatures,

encore que nous n'y ayons pas droit par
des mérites personnels, puisque, sans elle,
nous ne saurions mériter. Il la dispense à
tous; et voilà pourquoi ceux qui ne se sou-
mettent pas à l'ordre divin, qui ne pratiquent pas la vertu, sont mal venus à dire,
comme ils le font généralement, qu'ils
n'ont pu vaincre leurs passions, que la
nature a été plus forte que leur volonté.
Le moyen de pouvoir, lorsqu'ils ne demandent jamais à Dieu l'assistance de sa
grâce, lorsqu'ils ne prient pas, ou qu'ils
prient faiblement avec l'intention, on serait tenté de le croire, de ne pas être
exaucés!

La grande misère de l'homme, c'est de
s'imaginer qu'il se suffit pour la pratique
du devoir; cette misère l'égare et l'entraîne au désordre. Quand il s'y trouve
précipité, il dit, autre misère, qu'il ne
peut pas s'en retirer. Oui, sans la grâce il

ne peut pas remonter au bien, comme il
ne pouvait pas sans elle y persévérer.
Mais avec la grâce, il est puissant pour ne
pas faillir, puissant pour se relever après
avoir failli. Qu'il la demande donc avec
le sentiment de sa faiblesse, et avec celui
de la plus grande confiance !

Certes, il est bien permis à Dieu de ne
nous donner son assistance qu'autant
qu'elle lui sera demandée. L'homme est
un prodigue ; il a mal usé des dons qui
lui avaient été faits d'abord si brillants et
si précieux. A cause de cela, placé pour
ainsi dire en tutelle, il faut qu'il sollicite
de Dieu le secours dont il a besoin pour sa
conduite morale. Il faut que chaque jour,
et à plusieurs reprises, il crie sa pauvreté,
qu'il crie ses impuissances, qu'il crie son
aveuglement, ses penchants mauvais, ses
découragements, ses passions ; qu'il crie
leurs victoires, ses défaites et l'esclavage

où elles l'ont réduit ; qu'il crie son affranchissement et sa délivrance.

Prions et nous pourrons, prions beaucoup et nous pourrons beaucoup, prions toujours et toujours nous pourrons, et toujours nous vaincrons. Et nous aurons le règne de Dieu avec nous par sa grâce ici-bas, et ensuite le règne de Dieu avec nous dans sa gloire.

Que votre règne arrive !

SECOND POINT.

Nous portons en nous-mêmes le sentiment profond et ardent de notre règne avec Dieu dans sa gloire. Ce règne sera pour nous la vie véritable, et nous l'aurons par la claire vue de Dieu.

Oui, nous avons au dedans de nous-mêmes la conscience de notre immortalité. L'Apôtre dit que nous sommes actuel-

lement un commencement de créature;
or, tout ce qui est commencé appelle et
réclame son achèvement. Si Dieu nous a
donné ces impressions de notre survivance, c'est parce qu'il nous y destinait.

Sans doute, il ne doit rien, en thèse
générale, à sa créature; mais en hypothèse
ou en fait, il lui doit ce qu'il lui a promis ;
or, c'est nous promettre un bien que de
nous en faire sentir le besoin. C'est une
faim qui veut être rassasiée, c'est une soif
qui veut être étanchée, c'est une aspiration qui veut être satisfaite.

D'où nous vient l'inexorable ennui qui
est tout le fond de notre nature, comme
parle Bossuet, si ce n'est de l'attente où
nous sommes du règne de Dieu? S. Augustin dit : « Créé pour vous, Seigneur,
notre cœur sera inquiet et tourmenté jusqu'à ce que nous nous reposions en vous. »
Il nous arrive à tous d'être assez souvent

sous le poids de lourds accablements, et
quand on nous en demande la raison, nous
répondons: Je ne sais pas. Ah! la raison !
elle est bien simple, nous avons le mal du
pays, le mal du règne de Dieu. Ce sont
principalement les existences qui s'agitent
au milieu des fêtes, des plaisirs, des eni-
vrements de toutes sortes, qui font retentir
cette plainte douloureuse : Je suis fatigué
sans savoir pourquoi. Tant il est vrai que
ni l'œil, ni l'oreille, ni le cœur ne se ras-
sasient, l'œil, de ce qu'il voit, l'oreille, de
ce qu'elle entend, le cœur, de ce qu'il
goûte.

Toutes nos jouissances présentes ne font
qu'effleurer notre nature. Plus nous les
recherchons et en usons, plus elles nous
deviennent insipides et lassantes. C'est
pour nous reposer de l'une que nous nous
livrons à une autre; mais celle-ci, non
moins que la précédente, est absolument

incapable de nous procurer le bien-être
en la mesure où nous l'appelons de tous
nos vœux. Un Roi, d'une existence magnifique sous tous les rapports, dont la sagesse était admirée au loin, et qui avait bu
à la coupe de tous les plaisirs, disait :
« Vanité des vanités, tout est vanité, à
l'exception des joies de la conscience. »

Aussi, notre condition d'aujourd'hui,
qu'est-elle? une suite de vains désirs, de
tristes mécomptes, et d'éphémères sensa-
tions. Nous sommes un vaste abîme que
rien ne peut combler. Voilà pourquoi la
Sagesse, que nous n'écoutons pas, nous
conseille de désirer peu, et ce peu, de le
désirer encore peu.

Mais la plénitude de désirs aura sa plénitude de satisfaction. Dieu ne les a pas
mis en nous pour nous abuser; nous serons entièrement rassasiés. La mission de
Notre-Seigneur a pour but de nous faire

mériter ce rassasiement, et de nous y faire
parvenir. Il lui donnait le nom de vie ;
aussi bien il sera pour nous la vie véritable.
Que votre règne arrive !

Qu'est-ce que la véritable vie ? C'est la
vie exempte de tout mal et en possession
de tout bien ; c'est la vie qui n'est pas rava-
gée par la maladie, par l'infirmité, par la
douleur ; c'est la vie qui n'est pas accablée
par le travail, par les projets sans fin, par
les entreprises continuellement renouve-
lées et souvent infécondes ; c'est la vie qui
n'est pas dévorée par les soucis, par les angoisses, par les regrets ; c'est la vie qui
n'est pas abusée par les apparences, par
les illusions, par les erreurs ; c'est la vie
qui n'est pas épuisée par les revers, par les
mécomptes, par les déceptions ; c'est la vie
qui n'est pas agitée, tourmentée, tyranni-
sée par les passions, par leurs exigences,
par la misère et le néant de leur satisfac-

tion, et qui n'est pas flagellée par le remords; c'est la vie qui jamais ne s'altère,
jamais ne s'affaiblit, jamais ne vieillit; c'est
la vie qui ne meurt pas, qui ne voit pas
mourir, qui n'adresse pas de suprêmes
adieux, qui n'en reçoit pas, qui ne subit
pas de cruelles séparations, qui ne pleure
pas sur des tombes remplies d'elle-même,
de ses plus vives et plus légitimes affections.

D'autre part, c'est la vie en possession de
tout bien. Elle jouit pleinement de la vérité qui éclaire d'un jour lumineux son
esprit, qui donne à son cœur de suaves, de
profondes émotions, à sa liberté le repos du
port après les traversées orageuses. Tous
les voiles sont tombés pour la vie parfaite,
les vastes horizons se montrent, les réalités apparaissent splendidement, comme
les astres au firmament dans une belle
nuit. La soif de connaître, la soif d'aimer,

s'abreuvent à la source même du bien et
du beau contemplés dans leur essence.
Tout est ordre, tout est vertu, tout est justice, tout est fête, tout est harmonie et ac-
cord, tout est satiété, et satiété insatiable.
La nature humaine, qui se gâta si vite et
si déplorablement, est restaurée dans toutes
ses facultés. Elle est bien plus magnifique
qu'à l'heure de sa création jusqu'à celle
de son égarement. Alors elle n'était pas
achevée, elle l'est au règne de Dieu; et,
si merveilleux que vous supposiez son
état, il est sans mesure au-dessus de votre
conception. Ecoutez S. Paul : L'œil n'a
jamais vu, l'oreille n'a jamais entendu,
le cœur n'a jamais ressenti ce qui se voit,
ce qui s'entend, ce qui se ressent dans ce
règne. C'est plus que l'idéal réalisé. Un
fleuve de sainte volupté se verse, à flots
abondants, dans le cœur des bienheureux, et avec une telle force, qu'ils en

mourraient s'ils étaient encore mortels.

Cette délivrance, cette possession, cette véritable vie, est donnée par la claire vue de Dieu. Nous le voyons maintenant dans notre raison, dans les ouvrages de ses mains, dans les paroles de la sainte Ecriture, en énigme, comme dans un miroir : c'est S. Paul qui parle. Mais en sa gloire, on voit Dieu face à face, tel qu'il est ; c'est S. Jean et encore S. Paul qui le déclarent. S. Grégoire de Nazianze, qui a si bien défini nos agitations d'ici-bas en les appelant le rêve de gens éveillés, répondait aux fidèles qui lui disaient : «Père, apprenez-nous ce que c'est que notre règne avec Dieu dans sa gloire. — C'est un Dieu uni à des dieux. » Il est Dieu par nature et nous fera dieux par la claire vue de sa face. Combien doit être vive, combien doit être profonde, l'impression que l'on éprouve lorsque, à la sortie de ce monde, on se

trouve en présence de l'Etre parfait, de
l'Etre infini, en présence de Dieu. S. Augustin disait : « La véritable vie est en
vous, elle est donnée par votre contemplation, mais pour vous voir, il faut mourir; eh bien! je veux mourir pour vous
voir et pour vivre. »

Elles ne sont pas semblables à des eaux
courantes qui ne remontent pas vers leur
source, nos années; elles s'écoulent sans
doute, mais elles nous portent à l'océan
de vie, d'amour et de lumière. Nos jours
tombent les uns sur les autres, comme les
grains de sable de l'horloge qui marque
les heures; mais ces jours ne tombent que
pour se renouveler et ne plus tomber.
Nous recevons le dernier soupir des êtres
que nous chérissons, nous les perdons; à
notre tour, nous serons perdus tôt ou tard
pour nos parents, pour nos amis, mais
nous nous retrouverons pour ne jamais

plus nous séparer. Que votre règne arrive !
Ici, l'espoir et le désir; aux cieux, la possession et la jouissance. Ici, le péristyle et le
prélude ; aux cieux, le palais et le chant.
Ici, la lutte et les épreuves; aux cieux, la
récompense et le repos. Ici, l'aperçu et les
pâles clartés; aux cieux, la grande lumière
et la contemplation. Ici, les douleurs, les
séparations inévitables; aux cieux, les dé-
lices, les éternelles réunions. Ici, les
choses créées ; aux cieux, le Créateur.

Notre Père qui êtes aux cieux, régnez
en nous par votre grâce. Que ses touches
vives et efficaces fassent disparaître de no
âmes tout ce qui nous défigure à vos yeux.
Que nous soyons vos images, vraiment vos
images! Si nous ne le sommes pas, que
nous le devenions! Si nous le sommes,
que nous ne cessions pas de l'être, crois-
sant chaque jour en ressemblance avec
vous! Sans doute, sur cette terre, nous ne

pouvons être que des images ébauchées ;
mais l'ébauche s'achèvera : ce sera quand
nous vous verrons sans voile et sans nuage.
Alors ce sera la perfection de l'esprit, la
perfection du cœur, et la perfection aussi
du corps après sa résurrection. Alors ce
sera le rassasiement entier, la félicité con-
sommée ; ce sera la vie. Voilà notre espérance !

Elle est vive, profonde, ardente dans
notre sein, comme elle l'était dans celui du
patriarche Job, qui disait : « Mon Rédempteur est vivant, un jour je le verrai
des yeux de ma chair.» Oh ! que cette espérance soit une source de consolations, un
foyer de lumière pour le malheureux !
Qu'il boive à cette source, qu'il contemple
cette lumière pour porter plus noblement
le fardeau de sa peine.

Que votre règne arrive ! Notre Père qui
êtes aux cieux, nous vous demandons le

règne de votre grâce, et ensuite celui de votre gloire, pour les augustes Majestés ici présentes, si religieusement attentives et recueillies à la parole de vos enseignements; nous vous demandons ensuite que ce double règne soit le partage de ce jeune Prince que vous destinez à être à son tour, oh! le plus tard possible, la fortune de la France. Amen.

ORAISON DOMINICALE.

IV

LA VOLONTÉ DE DIEU

IV

LA VOLONTÉ DE DIEU.

Fiat voluntas tua sicut in cœlo et in terra.

Que votre volonté soit faite sur la terre comme au ciel.

S<small>IRE</small>,

Nous sommes des étrangers et des voyageurs ici–bas, dit l'apôtre S. Paul. Nous campons sous des tentes, ou plus simples ou plus magnifiques, que l'on dresse le soir, et qu'on enlève le matin ; si peu d'espace

se mesure entre le berceau et le tombeau !
si peu de jours se comptent entre le premier
et le dernier de l'existence la plus longue !

Mais nous avons une demeure éternelle,
où nous nous rendons tous successivement, et cette demeure c'est Dieu contemplé sans voile, sans intermédiaire,
face à face, tel qu'il est, nous faisant participer à sa béatitude infinie. « Nous irons
dans la maison du Seigneur, » disait le
Prophète; or, la maison du Seigneur, c'est
le Seigneur lui-même.

Toutefois, nous ne pourrons régner avec
Dieu dans sa gloire qu'autant qu'il aura
régné sur nous par sa grâce en ce monde.
Elle nous éclaire, elle nous excite, elle
nous porte à pratiquer ce qui est bien, à
éviter ce qui est mal, en un mot, à faire la
volonté de Dieu, volonté qui est la seule
voie qui conduise au ciel : Que votre volonté soit faite !

Sans doute il nous arrive, et trop souvent, de nous frayer d'autres voies et d'y
marcher en faisant nos volontés. Mais il
faut nous hâter de sortir de ces voies qui
deviennent d'autant plus funestes qu'on
les suit plus longtemps. Hé ! quel serait
notre sort si nous venions à y mourir ? La
perte du règne de Dieu dans sa gloire, et
au lieu de ce règne, la souffrance sans
mesure et sans fin. Que votre volonté soit
faite ! Cette demande de l'Oraison dominicale sera le sujet de notre présent entretien. Considérons d'abord que nous devons
faire la volonté de Dieu ; voyons ensuite
où se trouve le texte de cette volonté ;
enfin regardons un instant à ses principales obligations.

PREMIER POINT.

Il est bien juste, il est bien naturel que nous fassions la volonté de Dieu. C'est un devoir pour nous, et par conséquent c'est notre intérêt. Car le devoir et l'intérêt ne font qu'un ; si l'on peut les distinguer, on ne peut pas les séparer. Qui dit devoir, dit la cause du bonheur, et qui dit bon— heur ou intérêt, dit l'effet du devoir.

Mais Dieu veut-il quelque chose de l'homme ? Autant vaudrait demander : Dieu est-il sage ? Quand il tire un être du néant, il le crée pour une fin, et il lui donne des facultés correspondantes à cette fin, de manière qu'il puisse l'atteindre. Or, il est de toute évidence que Dieu règle en même temps l'emploi de ces facultés. Eh bien ! ce règlement est la volonté de Dieu sur cet être, ou la loi qui le gouvernera.

Toutes les créatures ont leur législation

particulière, le brin d'herbe, le grain de
sable, non moins que le soleil et les autres
astres du firmament, non moins que la
terre, l'air, l'eau, le feu, non moins que
les êtres de l'ordre inerte, de l'ordre vé-
gétal, de l'ordre instinctif, et de l'ordre in-
telligent. Les êtres inanimés suivent in-
variablement la voie qui leur a été tracée,
jamais ils ne sortent de l'orbite où ils gra-
vitent, ils sont invinciblement attachés
aux phénomènes de leur destination. C'est
pour cela que l'on prévoit toutes les phases
de leur marche, et qu'il est facile de les
prédire. Par ce qu'ils ont accompli, on
sait ce qu'ils accompliront. Ils sont toujours semblables à eux-mêmes. La mer,
par exemple, respecte toujours, au milieu de ses emportements furieux, la li-
mite que le doigt de Dieu lui a marquée.
Elle brise ses flots là où la souveraine
majesté lui a ordonné de s'arrêter.

Il en est tout autrement de l'homme. Dieu, qui l'a fait à son image, lui a donné la liberté ; s'il ne lui est pas permis de faire tout ce qu'il peut, il n'en est pas moins vrai qu'il peut tout faire. Il est libre, jusqu'à blasphémer son auteur, jusqu'à introduire, au milieu du concert de toutes les créatures qui acclament et bénissent la Cause adorable de leur existence, des notes discordantes ; et pendant que toutes les créatures disent, selon la parole des livres saints : Nous voilà, que votre volonté soit faite ; Lui a la faculté de dire, c'est le mot du prophète Isaïe : *Non serviam.* Je ne servirai pas, je vivrai comme je l'entends, je suivrai les penchants de ma nature ; les impossibilités seules m'arrêteront.

La raison, non moins que la foi, proteste contre cette insubordination ; elle proteste au nom du devoir, au nom de notre intérêt. Au nom du devoir, oserions-

nous en douter? Voudrions-nous donc être
indépendants comme si nous nous étions
faits nous-mêmes? Mais Dieu ne l'est pas :
il dépend de lui, il dépend de sa perfection
qui l'obligeait de donner des lois à l'homme
quand il le créa, qui l'oblige d'en exiger
la pratique et qui nous oblige à les pratiquer. L'intérêt n'est pas moins manifeste
dans cette protestation. En quoi consiste-
t-il ? dans notre bien-être, n'est-ce pas ?
Mais où est la condition de notre bien-être?
évidemment dans la volonté de Dieu. Dé-
veloppons cette assertion. N'est-il pas vrai
que Dieu est bon ? n'est-il pas vrai qu'en
nous créant, il s'est proposé de nous
faire heureux? Alors il est vrai que sa
pensée sur nous est la cause ou la raison de notre félicité ; mais où est
cette pensée? où est-elle exprimée? évidemment encore dans la volonté de Dieu,
dans celle qu'il nous ordonne de faire.

12

Parlez-nous en cette importante matière, divin Sauveur ! Ecoutez : « Prenez
mon joug sur vous et vous donnerez le
repos à vos âmes ; mon joug est doux et
mon fardeau est léger. » Le joug est la volonté de Dieu ; le repos de l'âme c'est la félicité. Mais n'est-ce pas une contradiction ?
le joug, n'est-ce pas l'assujettissement ?
Or, la félicité n'en veut pas ; il lui faut la
liberté ! Vous avez mille fois raison, la
liberté ! Cependant il y a la liberté vraie
et la liberté fausse ; la liberté vraie est
celle qui fait ce qu'elle doit ; et la liberté
fausse est celle qui fait ce qu'elle ne doit
pas. Eh bien ! la liberté vraie se fortifie, ac-
quiert de nouvelles énergies par ce qu'elle
opère ; la liberté fausse au contraire s'affaiblit et se perd par ce qu'elle fait ; elle se
change en servitude. Nous en sommes la
preuve irrécusable. Nous avons dit, et
sans cesse nous disons, que nos penchants

mauvais, qui sont les œuvres de la liberté
fausse, nous dominent, que nous ne pouvons pas les vaincre. Vous êtes donc esclaves? Qu'est devenue votre liberté?
Elle n'a pour sauvegarde que le devoir.
Vous serez vraiment libres, dit Notre-
Seigneur, quand vous serez les enfants
de Dieu, les vrais enfants de Dieu.

Au reste, si le devoir, par sa pratique,
vous conserve votre droit de liberté, tous
les autres droits lui sont également con-
fiés, il en est également la garantie. Prenez
la classe que vous voudrez de la société,
le pouvoir, la magistrature, le sacerdoce :
elle a des droits ; mais ils ne lui seront
maintenus que par les devoirs qui en sont
la conséquence. L'homme riche qui foule
aux pieds les lois de la moralité, au milieu
des campagnes, où sa conduite n'est pas
cachée comme au sein des villes, ne perd-
il pas le droit au respect de sa personne,

aux yeux des témoins de ses désordres? Le droit même de sa fortune, le garde-t-il entier? Il est un instrument où les degrés de la température sont marqués, où l'on voit quelle est l'intensité du froid, ou quelle est celle de la chaleur ; eh bien ! le devoir est le thermomètre du droit ; son degré est celui que le devoir signale ; il monte ou descend avec lui. Cessons de nous plaindre, qui que nous soyons; quand notre droit est méconnu, ne nous imputons qu'à nous-mêmes cette situation fâcheuse. Si nous voulons y regarder, nous avouerons qu'il est juste de nous la reprocher. Nous n'avons pas fait ce que nous devions faire, on nous refuse ce qui nous appartient, oui : le devoir est la garantie du droit. Il en est de même pour les sociétés. Elles ont leur devoir : c'est la justice à tous et envers tous. Quand elles y manquent, elles amassent au-dessus de leur tête des orages qui, tôt ou tard, éclatent et les livrent à de cruelles souffrances. Tout prospère par la pratique du devoir ; tout dépérit par sa violation.

Mais où est la lettre, le texte de notre devoir, de la volonté de Dieu que nous avons à faire ?

DEUXIÈME POINT.

Le texte de la volonté de Dieu que nous avons à faire est dans l'Évangile. Est-ce à dire qu'avant le livre sacré, la volonté de Dieu n'ait pas été manifestée, et que la loi morale n'ait pas existé ? En aucune sorte. Aussi bien, lorsque le divin Médiateur se présente au milieu des hommes, il ne déclare pas qu'il vient leur donner la loi, mais il déclare qu'il vient l'accomplir, et l'Apôtre l'appelle le restaurateur de toutes choses. Nous comprendrons facilement ces vérités par un rapide historique de la loi.

Quand Dieu crée l'homme, il ne le crée pas à l'état de germe qui se développera, mais à l'état d'être complet qui se conser— vera. Il ne le crée pas enfant qui apprendra successivement ce qu'il devra croire et ce qu'il devra faire ; il le crée homme ayant cette double connaissance, possédant tout ce que réclame sa vie morale non moins que sa vie physique. Dès ce moment la volonté de Dieu fut écrite dans le cœur de l'homme ; elle l'est en chacun de nous ; elle signale sa présence, selon l'apôtre S. Paul, par les éloges qu'elle nous donne ou par les censures qu'elle nous inflige. Oui, nous relevons tous d'un tribunal qu'on appelle la conscience. Dans ce tribunal se trouve la loi qui proclame ce qui est bien, ce qui est mal ; et auprès de la loi se trouve le juge qui cite à sa barre nos actions, qui les déclare bonnes ou mauvaises, et qui nous récompense par des satisfactions ou nous punit par des remords.

Telle a été la situation primordiale de l'homme, dont il est écrit à cause de cela que la lumière divine l'éclaire lorsqu'il vient en ce monde. Mais il viola cette loi qu'il devait accomplir ; la violation originelle en produisit d'autres, et si nombreuses, que pour la conservation de l'intégrité de la loi, Dieu fit choix d'un peuple au milieu des nations, il l'instruisit et le gouverna d'une manière particulière. Mais ce peuple, encore que la loi lui fût intimée par sa conscience et par les traditions domestiques, était enclin à ne pas l'observer. Alors Dieu voulut qu'il la vît de ses yeux ; dans ce dessein, il l'écrivit sur des tables matérielles par l'un de ses plus grands serviteurs, par Moïse, au milieu des éclairs et des tonnerres, qui devaient imprimer le respect de la loi et épouvanter d'avance ses violateurs. Ils ne s'en montrèrent pas moins à travers les siècles. La loi bien souvent fut outragée chez ce peuple privilégié. Elle subit de bien plus grands outrages chez les autres nations, qui n'avaient pas reçu, comme lui, le bienfait d'une intervention directe du ciel, et qui n'avaient, pour se conduire, que le sentiment intérieur qui était oblitéré, et l'enseignement de la famille qui l'était également.

Aussi la loi morale ne conservait plus dans le monde que des débris d'elle-même. Les plus simples et les plus impérieuses prescriptions de justice et de charité étaient méconnues. On ne soupçonnait ni la liberté de l'individu ne relevant que de ses actes, ni l'égalité fondée sur la communauté d'origine et de destinée, ni la

fraternité avec l'assistance mutuelle. La
force, l'égoïsme, la sensualité avaient
prévalu. S. Paul accuse les Romains,
ces fiers Romains, d'avoir perdu le
sens moral et de s'être livrés aux plus
basses passions d'ignominie. La ci-
vilisation matérielle était brillante,
mais elle s'abîmait dans la corruption,
comme un magnifique navire chargé
de richesses qui s'engloutirait dans les
flots.

C'est alors que le Fils de Dieu s'est
montré comme une grande lumière au
sein d'une nuit ténébreuse. Il répare les
tables brisées du Décalogue, les purifie
de tous les abus qui s'y sont introduits;
il les proclame pour tout l'univers,
et non plus seulement pour le peuple
juif; il leur donne, en les observant lui-
même, une autorité supérieure, une ma-
jestueuse consécration, et il commu-

13

nique à ses disciples, pour qu'ils y soient fidèles, une vertu puissante.

Elle est manifeste maintenant la volonté de Dieu que nous devons faire : c'est l'Evangile, c'est sa morale, ce sont ses commandements qui embrassent tous les âges, tous les rangs, toutes les conditions. Ce n'est pas une loi nouvelle ; comme la vérité qui ne change pas, elle est la pensée de Dieu, elle date de l'éternité. Elle fut incrustée d'abord dans le cœur de l'homme, mise plus tard sous ses yeux, ensuite et enfin restaurée, purifiée de toutes les scories que les passions y avaient mêlées, et élevée à plus de beauté et plus de perfection. Faire la volonté de Dieu, c'est donc se conformer en tout point à ce que l'Evangile prescrit à tous et à chacun.

L'apôtre S. Jacques dit que la loi est un miroir auquel il faut demander la valeur de nos actions. Certes, nous nous servons

assez de cet instrument pour que nous
sachions quel en est l'usage. Bien souvent,
trop souvent peut-être, nous l'interrogeons
sur l'arrangement de notre tête, sur la
pureté de notre visage, sur la disposition
de nos vêtements, sur l'ordonnance de
toute notre personne ; nous lui demandons
ce que nous devons penser de nous sous
ces divers rapports ; et il nous le dit. Eh
bien ! plaçons-nous avec le même intérêt,
le même soin, devant le miroir moral ; demandons-lui ce qu'il pense de notre conduite, de nos relations, de nos entretiens,
de nos parures, de nos liaisons, de nos plaisirs, de nos fêtes. Sa réponse, en tout et
pour tout, est-elle une approbation ? Nous
dit-il que dans notre conduite, nous portons les belles étoffes des vertus chrétiennes ? que nos diverses actions sont autant de pierres précieuses qui nous couvrent ? et que tout ce qui est vrai, comme

parle l'apôtre S. Paul, tout ce qui est
sincère, tout ce qui est honnête, tout ce
qui est juste, tout ce qui est saint, tout
ce qui est aimable, tout ce qui est de bonne
renommée, tout ce qui est louable dans le
régime des mœurs, couronne notre vie d'un
riche diadème? En un mot, comme dit le
même Apôtre, sommes-nous revêtus de
Notre-Seigneur Jésus-Christ? Qu'avons-
nous fait de ce vêtement? que nous en
reste-t-il? l'avons-nous conservé sans
déchirure et sans souillure?

Pour connaître à ce sujet le jugement
du divin miroir de la loi, de la volonté de
Dieu, donnons un coup d'œil rapide à quelques-unes de ses principales obligations.

TROISIÈME POINT.

C'est à l'homme comme individu,
comme famille, comme société, que la

volonté de Dieu signifie dans l'Evangile ses commandements. Analysons-les successivement.

La volonté de Dieu commande à tout homme l'estime et l'amour du devoir par-dessus toutes choses, la dignité de la vie, la culture de l'esprit, la domination des appétits sensuels, la modération dans les plaisirs toujours légitimes d'ailleurs, l'empire sur lui-même, le triomphe des nobles sentiments, le détachement raisonnable des biens de l'existence présente et l'aspiration vers ceux de l'existence future; enfin, une occupation honnête qui applique et utilise les diverses forces de sa nature.

L'apôtre S. Paul condamnait, on peut dire à la mort, ceux qui de son temps vivaient sans occupation sérieuse et profitable. Si quelqu'un ne veut pas travailler, disait-il, qu'il soit privé de nourriture ! Il serait grand le nombre des désœuvrés qui

auraient à subir ce supplice, si la grave
parole du Docteur des nations était prise à
la lettre. Qu'ils vivent ces êtres étranges,
mais qu'ils soient flétris par l'opinion. Ne
viendra-t-elle donc jamais l'époque où les
mœurs publiques feront justice du désœu-
vrement, qui ne sera plus envié comme
aujourd'hui, mais chargé de honte, honni
et obligé de se cacher au mépris général?

Ces superbes oisifs, semblables aux
idoles du paganisme auxquelles il fallait
livrer des victimes humaines, et qui en
consomment tant, oui tant; qui font par
leur paresse plus de mal, que par leurs
écrits, les propagateurs de doctrines mal-
saines; qui poussent à déserter les hono-
rables produits du travail pour les honteux
bénéfices du désordre, et qui frappent
la société d'une plaie morale dont on ne
peut pas dire, comme de celle de l'argent,
qu'elle n'est pas mortelle. Quelques-uns

de ces oisifs n'ont pas cru se dégrader en se donnant des noms d'une signification hideuse.

Ce n'est pas le respect, mais la vénération, que Dieu impose à l'homme pour la famille. Elle doit être formée essentiellement par l'estime et par l'affection, bien plus que par les calculs matériels. Ces deux sentiments, après l'avoir formée, doivent la conserver en se maintenant dans toute leur intégrité. Le principe de la famille, c'est l'unité ; aussi bien vous voyez au commencement des choses un seul homme et une seule femme. Dieu n'en crée pas plusieurs, afin que l'unité dans les éléments de la famille soit reconnue et fortement établie. C'est sous l'empire de cette belle unité, que dans la famille le père est le roi, la femme l'ange, le fils le rayon, la jeune fille le parfum, le serviteur un autre enfant. Alors pour tous et entre tous, il y a comme un flux et un reflux d'affection vive et continue qui se donne et se rend. Malheur à la séduction et à la faiblesse qui oseraient troubler cet ordre et briser cette magnifique harmonie ! La famille est la source de tout bien pour l'individu et pour la société. La beauté et le bonheur de la famille font le bonheur et la beauté de la société, qui n'est que l'agrégation d'un certain nombre de familles, comme la famille est l'agrégation d'un certain nombre d'individus.

Mais qu'est-ce que la volonté de Dieu ordonne pour la société ? Une soumission de respect et d'amour au pouvoir qui est son premier besoin, qui maintient en elle l'équilibre entre les intérêts divers et trop souvent opposés, qui s'immole sans relâche au bien général, qui défend le droit, qui protége le labeur, qui soulage l'infortune, qui distingue l'honnêteté et qui ho-

nore la probité, qui s'entoure de la considération de l'une et de l'autre, qui les glorifie par la confiance qu'il leur témoigne,
qui tient éloignées de sa personne les mal-
versations de tous genres, et qui se fait
bénir par acclamations en montrant son
amour de tout ce qui est vrai, de tout ce
qui est beau, de tout ce qui est bien.

Quant à l'union qui doit exister entre
tous les hommes, entre toutes les familles,
entre toutes les nations, la volonté de Dieu
la commande. Elle doit se faire et s'entre-
tenir par la circulation de la charité dans
le corps social dont elle assure le bien-
être, de même que c'est par le sang que
la vie circule dans le corps humain et y
entretient la vigueur et la santé. Nul devoir n'est autant prescrit par l'Evangile
que cette charité. Dans ma société, déclare Notre-Seigneur, dans le monde que
je suis venu régénérer, ce n'est ni la for-

tune, ni l'autorité, ni la science qui aura
la première place, mais la charité. Ce qui
a fait établir par S. Augustin cette hiérar-
chie des grandeurs respectives de la matière, de l'esprit et du cœur. « Il y a, dit-il,
le monde qu'on peut appeler inférieur,
c'est le monde de la fortune ; au-dessus
de lui se trouve le monde de la science ; et
il y a dominant ces deux mondes, et de
bien haut, celui du dévouement.» Entendez le Sauveur près d'aller à la mort : O
mon Père ! c'est pour les hommes que je
me dévoue, qu'ils soient dévoués les uns
aux autres, qu'ils soient un les uns avec
les autres, comme je suis un avec vous ;
qu'ils soient consommés en l'unité !

L'unité en tout et partout. Dans l'individu, par le règne de l'esprit sur la matière ; dans la famille, par l'union de tous
les membres qui la composent ; dans
chaque pays, par l'holocauste personnel

et libre du pouvoir, et par l'affectueuse
reconnaissance des sujets ; dans le monde
entier, par les actes de cette même charité
entre tous les peuples. Elle assure le règne
de la justice, elle est plus grande qu'elle ;
aussi bien, le but de la justice c'est
souvent elle-même : le but de la charité,
c'est toujours le prochain ; la première
respecte le droit du semblable : la seconde
lui prodigue du sien.

Ah ! si l'obéissance que la charité réclame lui était accordée, la plupart des
maux qui désolent l'humanité disparaî-
traient. D'où viennent-ils? De la jalousie,
de la cupidité, de l'orgueil, de la haine,
de l'envie. Or, toutes ces basses passions,
la charité les proscrit. Oui, si les individus, si les familles, si les nations s'ai-
maient réciproquement, la terre ne serait
plus, ou presque plus, une terre de douleurs ; il n'en resterait que ce qui vient di-

rectement de Dieu pour la punition de la
faute originelle ; mais cette mesure de
souffrance, qu'est-elle en comparaison de
celle que les hommes se versent à l'envi
dans le sein les uns des autres?

Cependant nous devons être grands
dans la souffrance, la supporter courageusement ; qu'elle nous soit envoyée de
Dieu ou qu'il la permette, il faut l'accepter ; la subir ne serait pas assez ; l'aimer
c'est de l'héroïsme : il ne nous est pas ordonné. Mais se soumettre à la souffrance,
ne pas défaillir sous son poids, le porter
avec l'énergie de l'homme que l'univers,
tombant en ruine, ne saurait abattre :
voilà le devoir, voilà la volonté de Dieu,
voilà l'exemple de notre divin Sauveur.
Mon Père, que le calice d'amertume passe
loin de moi; cependant, que votre volonté
soit faite et non la mienne.

A l'exemple de Notre-Seigneur, une

mère affligée disait à sa fille, affligée comme
elle : « Ce que Dieu fait est bien fait. » Elles
vivaient dans un humble réduit, une
lampe les éclairait à peine, les images du
Christ et de la Vierge étaient attachées au
mur. Un soir, la jeune fille dit à la vieille
femme : « Ma mère, vous n'avez pas toujours été dans ce dénûment ? » La mère
répondit : « Ce que Dieu fait est bien fait.
Quand je perdis votre père, l'avenir me
parut bien sombre. Où trouver du pain ?
où trouver un abri ? Cependant nous en
avons. Il est vrai que c'est péniblement,
par un dur travail ; mais tous les hommes
n'ont-ils pas été condamnés à travailler ?
Ce que Dieu fait est bien fait ! » Puis elle
ajouta : « Dieu vous a donnée à moi, ma
fille : de quoi me plaindrai-je ? » A ces
mots, la jeune fille se jeta sur le sein de sa
mère. Elles pleurèrent.

Notre Père qui êtes aux cieux, ce que

vous faites est bien fait. Qu'en tous temps,
en tous lieux, et pour toutes choses, nous
accomplissions votre volonté. Que nos
pensées, nos sentiments, nos actions, s'y
montrent continuellement fidèles. Qu'en
chacune de ces actions vous voyiez réalisé
ce que vous attendez de nous. Que toutes
nos journées vous apparaissent, par notre
soumission parfaite à vos ordres, avec la
splendeur du firmament lorsque sa sérénité n'est altérée par aucun nuage. Que
nous fassions votre volonté, notre Père,
comme elle est faite au ciel, avec le même
zèle, le même empressement et le même
amour. Elle est pour les élus le fleuve de
vie où ils boivent toujours, et toujours, la
félicité. Nous devrions étancher ici–bas
notre soif à ce même fleuve ; aussi bien
votre volonté est la même dans le temps
et dans l'éternité pour l'homme. Mais ne
vous voyant pas comme vous voient les

bienheureux, nous nous laissons abuser ; et au lieu d'étancher notre soif à la source d'eau vive par la pratique de votre volonté, nous préférons la nôtre, et nous sommes comparables, dit le Prophète, à des aveugles qui quittent la fontaine abondante, limpide, délicieuse, pour des citernes qui sont desséchées ou qui n'ont que des eaux fangeuses. Revenus de ces égarements, nous ne boirons plus qu'à la fontaine unique et certaine de vie et de bonheur, qui est votre volonté. Oh ! qu'elle soit faite sur la terre comme au ciel, notre Père qui êtes aux cieux ! Amen.

ORAISON DOMINICALE.

V

LE PAIN QUOTIDIEN.

V

LE PAIN QUOTIDIEN.

*Panem nostrum quotidianum
da nobis hodie.*

Donnez-nous aujourd'hui notre
pain quotidien.

Sire,

Faire la volonté de Dieu, c'est évidemment le devoir de l'homme, et par conséquent son intérêt. Aussi bien, devoir et intérêt, c'est la même chose sous des termes différents.

Dès qu'il sortit du néant, l'homme eut la connaissance de la volonté de Dieu; elle lui fut notifiée par son cœur, où elle était inscrite. Il ne tarda pas à l'altérer en la violant. Dieu, plus tard, la lui mit visible sous les yeux avec les tables du Décalogue.

Les altérations de la volonté de Dieu, loin de cesser, se multiplièrent. Elles furent nombreuses et graves principalement chez les peuples idolâtres. Le Fils de Dieu l'a restaurée, en la purifiant de tous les abus que les passions y avaient introduits; et, après l'avoir perfectionnée, il la promulgua pour tous les temps et pour tous les lieux.

Elle est formulée dans le saint Évangile, avec les diverses obligations qui lient l'homme comme individu, comme famille, comme société. S'il peut violer la volonté de Dieu, il ne saurait le faire impunément. La première fois qu'il le fit, il rencontra la souffrance, et sa condition, qui était celle d'un bonheur commencé sans mélange de douleur, se changea en une complication de tourments et de besoins. Pour être pourvu des ressources qu'exige cette situation, il faut que nous nous adressions à Dieu et que nous lui disions : Donnez-nous le pain de chaque jour.

Cette demande va faire le sujet de ce discours. L'ordre que nous y suivrons se présente de lui-même. En effet, nous avons deux substances, l'âme et le corps, et dès lors nous avons deux vies, celle du corps et celle de l'âme ; chacune de ces vies a ses nécessités particulières. Nous allons considérer les unes et les autres. Commençons par celles du corps.

PREMIER POINT.

Dans la considération des nécessités de notre existence temporelle, nous avons trois choses à examiner. Premièrement, ces nécessités ; secondement, les moyens d'y faire face que Dieu met à notre disposition ; troisièmement enfin, les raisons pour lesquelles, dans la demande de ces moyens, nous n'exprimons que la nécessité du pain.

Nous sommes, pour le corps, sous la tyrannie ou l'empire de nécessités nombreuses et pressantes. Il y a celle du pain pour le nourrir, du vêtement pour le couvrir, du lieu où reposer sa tête ; il y a celle de sa défense contre les duretés de la température ; il y a celle des ressources dans les infirmités et les maladies, qui sont si fréquentes, et qui causent, le plus ordinairement, de cruelles douleurs.

Qui pourrait dire les peines, les chagrins, les afflictions, les gémissements,
les plaintes de l'homme en proie aux nécessités de l'existence corporelle, lorsqu'il
n'a pas et qu'il ne sait où trouver les
moyens d'y satisfaire? L'anxiété l'étreint,
le paralyse, le dévore ; il calcule, au milieu
d'un foyer de brûlantes appréhensions, la
profondeur de sa misère ; en vain il re-
garde d'où lui viendra la délivrance de
cette rigueur extrême ; les plus noires, les
plus sombres pensées l'assaillent ; il se demande pourquoi, sans qu'il ait de reproches
à se faire, il se trouve dépourvu, et sa famille avec lui, de ce que réclame de plus
indispensable leur existence. Ces horribles
angoisses, il n'y a que ceux qui les ont
éprouvées qui seraient capables de les exprimer, de les décrire. Elles sont bien naturelles, et il n'est que trop à craindre
qu'elles cessent ordinairement d'être chré-

tiennes en cessant d'avoir confiance en la
bonté divine, à laquelle Notre-Seigneur
nous exhorte de recourir. Mettez, nous dit-
il, toutes vos inquiétudes au sein du Père
que vous avez dans le ciel ; il sait ce qui
vous est nécessaire ; il vous le dispensera,
pourvu que vous cherchiez d'abord le
royaume de Dieu et sa justice. Jamais on
n'a ouï dire que l'homme juste ait manqué
de son pain quotidien. Mais cette fidélité
gardée, cette justice pratiquée, ce royaume
de Dieu cherché, tout cela n'est que trop
négligé ; et, à cause de cette négligence, le
dénûment a presque toujours perdu le
droit de se plaindre.

Cependant, quels moyens recevons-nous
de Dieu pour fournir aux nécessités de
l'existence corporelle ? Ces moyens sont au
nombre de trois principaux : la fortune,
le travail et la charité. Il est des hommes
qui possèdent, dans des richesses plus ou

moins abondantes, de quoi satisfaire, et bien au delà, d'abord aux nécessités, et ensuite aux commodités de leur existence. Ces richesses, ils les tiennent de leurs familles qui les leur ont laissées; ou bien ils les ont amassées par leur propre activité. D'autres hommes trouvent les ressources de leur vie matérielle dans les emplois publics, par la juste rémunération des sacrifices qu'ils font de leur temps, de leur capacité, de leur personne, aux intérêts du pays. Il est des hommes, et c'est le grand nombre, qui ne peuvent vivre matériellement que par un travail continuel, difficile pour les uns, facile pour les autres, fécond pour ceux-ci, stérile pour ceux-là : pour tous, d'une grande exigence d'efforts persévérants avec peu de repos. A quelles réflexions ne porte pas ce travail, quand on le considère en ses diverses parties! C'est une fournaise ardente

d'où sortent sans cesse des plaintes sur
les infimes résultats d'une immolation de
soi-même sans mesure, et presque sans
fin ; où beaucoup d'existences s'étiolent
par l'excès de la fatigue, et ne vivent pas
le temps qu'elles devraient vivre ; où des
vertus s'obscurcissent, se perdent, tantôt
par les promesses, tantôt par les menaces
d'influences diaboliques, et où l'enfant,
sans la protection de la loi, serait dévoré
par la cupidité.

Mais il est des hommes plus à plaindre
encore au sujet des nécessités de la vie
matérielle. Ils n'ont ni fortune, ni emploi qui leur en assure la satisfaction,
incapables d'ailleurs de tout travail parce
qu'ils sont faibles, infirmes, ou encore
parce que l'occasion ne leur en est pas
offerte. Ils périraient infailliblement sous
les étreintes de la faim, s'ils ne recevaient
le bienfait de l'assistance d'autrui. La

charité, voilà quelle est la providence de
ces infortunés. Le plus ordinairement, il
faut qu'ils aillent la solliciter. Quelquefois elle vient d'elle-même à leur misère,
dans la recherche qu'elle fait de tous les
malheurs pour les soulager.

Indispensable autant que belle, la
communion de la fortune et de l'indigence par la charité ! Toujours cette
communion de ces deux états si différents l'un de l'autre devra subsister.
Notre-Seigneur l'a dit : Vous aurez tou--
jours des pauvres parmi vous ; et ce que
l'on a tenté pour démentir sa parole, n'a
servi qu'à la glorifier. Toutefois, saisis-
sons-en bien le sens, et nous aurons la
réponse à ce qui pourrait être allégué
contre elle. Il importe de distinguer la
misère et la pauvreté. Notre-Seigneur
condamne l'une et veut l'autre. Qu'est-ce
que la misère ? C'est le besoin qui n'est

pas secouru. Qu'est-ce que la pauvreté?
C'est le besoin qui est assisté. Notre adorable Maître défend que parmi les hommes, qui sont frères avec lui et frères entre
eux, il y ait un seul misérable. Quant au
pauvre, comme il porte le poids de la faute
originelle, il subsistera toujours, parce que
toujours subsisteront les suites malheureuses et diverses de cette faute. Il y aura
toujours à secourir des vieillards, des infirmes, des veuves, des orphelins, des
blessés ; ils sont la famille de la charité et
font sa gloire. Combien cette fraternelle
assistance ravit d'admiration, lorsqu'on la
voit passionnée de compassion, et se dé-
vouant jusqu'à l'héroïsme à toutes les infortunes.

Mais pourquoi, dans la demande que
nous adressons à Dieu pour les besoins de
notre existence corporelle, n'exprimons-
nous que la nécessité du pain ? Pour deux

raisons : la première pour nous dire que
la vie est courte, que sa durée est com-
parable à celle d'un jour, comme parle
l'apôtre S. Paul, et que le souci du len-
demain est déplacé, bien que la prévoyance nous soit commandée, mais la
prévoyance libre d'inquiétudes et pleine
de modération en ses désirs ; pour nous
apprendre que nous ne sommes pas à
demeure plus fixe sur la terre, lorsque
nous possédons de nombreuses pièces d'or
et d'argent, et que notre nom est porté
par de vastes domaines, par de magnifiques châteaux ; pour nous rappeler enfin
que ces choses passent comme une appa-
rence, encore qu'elles soient des réalités,
qu'il faut en user comme n'en usant pas,
comme l'exilé use des lieux où il est
relégué, comme l'étranger use du pays
qu'il traverse, comme le voyageur use des
hôtelleries où il s'arrête un instant.

La seconde raison pour laquelle nous n'exposons que la nécessité du pain, c'est de nous donner la leçon de réduire, autant que possible, les besoins toujours trop nombreux de l'existence matérielle, de ne pas céder aux exigences déréglées de la nature qui ne dit jamais que c'est assez pour le luxe des parures, pour la somptuosité des habitations, pour la recherche de la nourriture, pour la durée du sommeil ; en un mot, pour le contentement des appétits sensuels, qui amollissent l'âme, qui la rendent incapable de supporter courageusement et dignement le poids des contrariétés, des mécomptes, des déceptions, des épreuves quelconques, et qui font baisser ainsi le niveau de la moralité publique. Oui, ces sensualités de tous genres altèrent la pureté, troublent la sérénité de l'atmosphère sociale, et remplissent de miasmes contagieux

l'air qu'on y respire. C'est pour protester
contre ces sensualités et leurs effets désastreux, que Notre-Seigneur ne nous fait
exprimer que la nécessité du pain et seulement du pain de chaque jour.

Cette protestation est bien nécessaire
pour le soulagement du pauvre, dont les
sensualités ne s'occupent guère. Sa rencontre leur est pénible ; elles ne peuvent
entendre sa plainte lorsqu'elle leur est
apportée par quelque écho d'une associa-
tion charitable. Elles disent que cette
plainte est exagérée, mensongère, qu'elle
est le cri de la fainéantise, qu'on devrait
l'obliger à se taire et y employer au besoin la prison. C'est là toute leur générosité en faveur du pauvre, et c'est naturel
en même temps que monstrueux. Comment voudriez-vous que les sensualités qui
n'ont jamais pour elles-mêmes ni assez
de temps, ni assez d'or, trouvassent quel-

ques minutes et quelques centimes pour le pauvre? C'est leur demander l'impossible. Elles s'amusent, ruinent leur famille ou celle des autres, entassent dettes sur dettes, s'irritent quand on leur en demande le payement, et ne l'accordent qu'à des obsessions réitérées. Vous avez ainsi l'explication du mystère qui se rencontre fréquemment dans la pratique de la charité. Comment se fait-il que la grande fortune ne donne pas du tout à l'indigence, ou donne peu et mal, avec humeur et récrimination? et qu'au contraire la fortune médiocre et même le simple travail donne volontiers, beaucoup, toujours avec bonne grâce, quelquefois remerciant de la demande qu'on lui a faite, s'excusant de ne pas y répondre plus largement? La sensualité n'économise jamais, elle est prodigue pour tout ce qui la concerne et d'une avarice impitoyable pour tout ce qui ne la concerne pas. Les sentiments et les habitudes de la médiocrité sont tout à fait différents.

Notre Père, donnez-nous le pain de chaque jour : donnez-le au riche, qu'il ne soit jamais déçu en la certitude, qui le réjouit, de l'avoir toujours ; donnez-le au pauvre, qu'il ne lui coûte ni trop de sollicitations, ni trop d'humiliations : donnez-le à l'ouvrier, que le travail ne manque jamais à ses bras, ni ses bras au travail ; donnez-le au vieillard infirme, à la veuve, à l'orphelin ; donnez plus de pain où il y a plus de besoins ; donnez plus de force à qui doit supporter plus de fatigue ; plus de courage à qui doit braver plus de périls ; donnez à tous vos enfants, qui sont nos frères, les ressources de l'existence dans la mesure où elle les réclame ; qu'il ne s'en trouve pas un seul n'ayant pour se couvrir que des haillons, pour se sustenter qu'une nourriture insuffisante et mauvaise, pour habiter qu'un réduit malsain, privé d'air et de lumière. Donnez aux conducteurs de vos peuples de salutaires inspirations, qui leur fassent concevoir, et établir de plus en plus un juste rapport, une raisonnable équation entre la peine et le gain, entre le gain et la nécessité, entre le temps que le travail consomme et le temps que l'instruction réclame!

Considérons maintenant les nécessités de l'existence de l'âme.

SECOND POINT.

Au sujet des nécessités de l'âme, il faut considérer quel est son pain; qu'il lui est donné par Notre-Seigneur Jésus-Christ, et de quelle manière il le lui donne.

Quel est le pain de l'âme? Il est de

même nature qu'elle. Ce n'est pas un pain
grossier, mais un pain immatériel. Aussi
bien l'âme est intelligence, sensibilité et
activité : en d'autres termes elle est puissance de connaître, puissance d'aimer,
puissance d'agir. Mais l'objet de cette connaissance, de cet amour, de cette activité,
c'est sans aucun doute la vérité : de même
que l'œil, faculté de voir; l'oreille, faculté
d'entendre; le toucher, faculté de saisir
la matière, ont pour objet le vrai dans
l'ordre des sens et dans le monde des
corps. Aussi, quand nous demandons le
pain de l'âme, nous ne demandons pas
qu'elle connaisse, qu'elle aime et qu'elle
agisse, elle le fait naturellement; mais
nous demandons qu'elle connaisse, qu'elle
aime, qu'elle opère la vérité.

Les hommes peuvent se disputer entre
eux sur le fait de l'existence de la vérité,
dans tel ou tel système de doctrine ; mais

que la vérité soit le pain de l'âme, ils le
confessent tous. Voilà pourquoi, lorsqu'un
révélateur ou un voyant se présente, ils
sont avides de l'écouter comme autrefois
les Athéniens à l'égard de S. Paul, et ils
déclarent sans hésiter que la somme de
la vérité connue est la mesure de la félicité privée et publique, le bonheur
n'étant pas autre chose que la vérité mise
en pratique, et le malheur, l'erreur réalisée. Pour être convaincu de ces asser-
tions, il suffit de définir la vérité. Qu'est-
elle ? La pensée de Dieu. N'est-il pas
évident alors qu'elle est le principe de
tout le bonheur ? Est-ce que Dieu, qui est
bon, peut penser et vouloir autre chose
que le bien-être de ses créatures ? Or,
nous l'avons déjà dit, la pensée de Dieu,
la vérité, le pain de l'âme, où se trouve-
t-il ? C'est Jésus-Christ lui-même. Il l'a
déclaré, et déclaré souvent : Je suis la

vérité. Personne avant lui, ni depuis, n'a osé s'attribuer une pareille grandeur.

Des hommes se sont rencontrés et il s'en rencontre qui se disaient et qui se disent les organes de la vérité. Mais il n'y a que Jésus-Christ qui ait dit au monde : Je suis la vérité. Certes, il n'a pas donné cette affirmation sans la soutenir par des preuves irréfragables, par la sublimité de sa doctrine, par la beauté de sa morale, par la splendeur de ses vertus, par l'élévation de son caractère, par la grandeur de sa vie et de sa mort, où tout est merveilleux, d'un modèle autant impossible qu'inconnu à la terre, et par l'éclat de ses prodiges. N'en rappelons qu'un seul en ce moment, la conquête du monde et le maintien de cette conquête. Qui oserait le nier ? le monde n'appartient à personne, ou il appartient au Christ pour

la croyance et pour la morale. Ceux-
mêmes, qui n'avoueraient pas qu'ils relè-
vent de lui sous ce double rapport, en relè-
vent pourtant; aussi bien, ce qu'ils disent de
raisonnable et ce qu'ils font de vertueux,
ils l'ont reçu de son école; d'abord par les
leçons de leur mère chrétienne et ensuite
par les enseignements de l'Eglise. Jésus-
Christ est pour ainsi dire la moelle de leur
âme dans ce qu'elle pense et fait de bien.
Toute la végétation morale vient de lui.

Fouillez dans l'action bonne que vous
voudrez, vous y trouverez au fond, comme
principe et auteur, l'adorable Maître. Il
est dans le triomphe de l'esprit sur la
chair ; il est dans le respect du droit d'autrui lorsqu'on pourrait le violer avec avantage et impunément ; il est dans la mo-
destie qui voile ses mérites au lieu de les
étaler par ostentation ; il est dans la pitié
pour toutes les souffrances, dans l'immo-

lation de soi-même au prochain ; il est dans le cœur de la jeune fille qui quitte sa famille, qui sacrifie son bien-être présent et son bien-être à venir, et qui dans une école, dans un hôpital, dans un refuge, s'enchaîne à l'enfant pour l'instruire, à l'indigent pour le secourir, au vieillard pour le consoler, au blessé pour le soigner, au malade pour le soulager, au moribond pour l'assister, au mort pour l'ensevelir. Jésus-Christ est dans le cœur de cette autre jeune fille enfermée au sein d'un cloître, où elle prie, où elle se mortifie, où elle s'immole à la place et au profit de tant d'aveugles qui ne cessent de multiplier leurs désordres sans songer à l'expiation d'un seul. Gardons-nous de condamner ce dévouement ; il détourne de dessus la tête des coupables les coups de la justice de Dieu, qu'ils n'irritent que trop par une vie sans règle et sans retenue.

Oui, Notre-Seigneur est le pain de l'âme;
il le disait en même temps qu'il se déclarait la vérité. Voici sa parole : « *Ego sum
panis* : Je suis le pain. Celui qui vient à
moi, n'aura jamais faim. » Il est la nourriture des intelligences et des consciences,
qui n'ont rien en dehors de lui pour se
sustenter ; elles demeurent alors la proie
de la négation ou du doute; mais tout cela
c'est absence de nourriture. Est-ce que
l'âme peut vivre de la négation qui n'est
rien, et du doute qui est moins qu'une ap-
parence? Encore une fois, il n'y a pour
l'âme d'autre pain que Notre-Seigneur. Il
ne s'est pas proposé de nourrir l'homme
des faits du monde matériel qu'il a laissé
à ses investigations, ne lui révélant que
ce qu'il jugeait bon de lui en manifester.
Mais il lui a donné le pain dont il avait
besoin par-dessus tout et avant tout : la
connaissance de lui-même, de sa nature,

de son origine, de sa destinée présente et future, de tout ce qu'il lui importait de savoir, de tout ce qui devait l'éclairer, le gouverner, et par conséquent le faire vivre.

Or, ce pain, cette vérité, cette pensée de Dieu, Notre-Seigneur le donne à l'homme soit par des intermédiaires, soit directement. Plaçons tout de suite la question sous une vue générale. Depuis la création de l'homme, la table de la vérité a été dressée devant lui; cette table est devenue vaste comme le monde, permanente comme la durée; le service y fut fait d'abord par Dieu lui-même, ensuite par les Anges, par les Patriarches, par les Prophètes, et enfin par le Verbe éternel, qui se rendit visible en unissant sa nature à la nôtre dans son adorable personne. A toutes les époques jusqu'à sa venue, il a donné à l'homme le pain de la vérité ; depuis son Ascension au ciel, il le lui donne par le ministère

18

sacerdotal qu'il s'est choisi comme son instrument, qu'il préserve de l'erreur, et qui, partout où il parle, s'empresse d'élever le temple de la prière, l'école de l'instruction et l'hospice du soulagement.

Sur cette table, pour la nourriture intellectuelle et morale de l'homme, se trouvent servis les saintes Écritures, les oracles de l'Eglise, les ouvrages de tous les docteurs qui reçurent, et de ceux qui peuvent recevoir encore d'abondantes lumières pour l'interprétation des choses sacrées et divines. Les âmes qui se nourrissent à cette table gardent leur santé, à plus forte raison leur vie, au milieu de tant d'occasions de perdre l'une et l'autre. Elles ne sont ni maladives, ni infirmes; d'ailleurs elles se délivrent vite de toutes les atteintes qu'elles pourraient recevoir dans leur constitution; sa vigueur rend facile et prompte leur guérison. Les âmes, au contraire, qui ne se nourrissent pas à la table de notre Sauveur, ont cessé de vivre depuis longtemps. Ce n'est pas seulement la défaillance qui les accable, mais l'extinction de toute vie morale; elles ne sont pas malades seulement, elles sont mortes.

Elevons-nous de cette table à une table plus auguste; élevons-nous de la parole de Notre-Seigneur, distribuée par ses ministres, à sa personne elle-même, qu'ils ont la fonction de dispenser à l'homme. L'époque annuelle est venue pour lui de recevoir cet aliment sacré, source immense de la vie spirituelle, sacrement ineffable, union substantielle et prodigieuse de Dieu avec sa créature. Si devant ce mystère la raison de l'homme se trouble quelquefois, elle a pour se rassurer le mystère lui-même. Etant inconcevable, c'est bien la preuve sans réplique qu'il n'est pas une œuvre de la pensée humaine. Est-ce que l'homme sait formuler ce qu'il ne conçoit pas, ce qu'il ne comprend pas ? Il peut et il doit l'accepter de Dieu ; mais l'inventer, c'est au-dessus de ses forces.

Notre-Seigneur nous donne de plus le pain de l'âme au dedans de nous-mêmes, directement et sans intermédiaire. Rappelez-vous cet instant où la vue d'un grand spectacle de la nature, de la mer avec son étendue, de la terre avec le luxe de sa végétation, du firmament avec ses corps lumineux, vous causait de vives et solennelles émotions ; vous montiez à travers ces merveilles comme par des degrés jusqu'au trône de la souveraine puissance, de la souveraine sagesse, de la souveraine bonté, pour la glorifier : alors Dieu donnait le pain à votre âme ! Rappelez-vous cet instant où la lecture du saint Evangile vous faisait éprouver des ravisse-

ments d'admiration pour le Sauveur Jésus;
vous disiez : Quel empire sur ses passions, quelle bonté pour les petits, quelle
indulgence pour les faibles, quelle miséricorde pour les pécheurs, quelle beauté
dans toute sa vie, quelle grandeur dans sa
mort : alors Dieu donnait le pain à votre
âme !

Rappelez-vous cet instant où, désireux
de connaître de quels éléments ce Fils de
Dieu, fils de l'homme, avait formé son
Eglise, vous le voyiez appeler à lui de
pauvres pêcheurs sans instruction, sans
crédit, les placer à la tête de cette société, leur en confier l'établissement dans
le monde dont il leur enjoint la conquête ;
vous disiez : Mais ces choix, pour une
entreprise de cette souveraine importance
et de cette difficulté souveraine, sont in-
concevables, et ne peuvent être le fait que
de la folie ou de la sagesse suprême; or,

la folie ici est-elle admissible? Non, non.
C'est donc la sagesse suprême qui opère
en cette extraordinaire rencontre : alors
Dieu donnait le pain à votre âme ! Rappelez-vous cet autre instant où, dans le besoin
de vous rendre compte du travail des
Apôtres, après avoir assisté au partage qu'ils
se font du monde pour le gagner à Jésus-
Christ, les voyant aller les uns au nord,
les autres au midi, ceux-ci à l'orient, ceux-
là à l'occident, portant avec aisance, sans
en être écrasés ou seulement fatigués, le
grand dessein de changer les nations du
tout au tout pour la religion, la morale,
les lois civiles et politiques, ne craignant
ni la violence des tyrans, ni les discours
des rhéteurs, recueillant par milliers des
assentiments à ce qu'ils annoncent malgré
ce qui s'y trouve de mystérieux pour
l'esprit et de sévère pour le cœur, vous
disiez : Jamais, non jamais ce succès ne

se comprendra sans l'intervention de la puissance infinie : alors Dieu donnait le pain à votre âme !

Rappelez-vous cet instant où, accablé sous le poids des vanités humaines, vanités de fêtes, vanités des plaisirs, vanités de spectacles, vanités de jouissances écla-tantes de pompe, bruyantes de mouve-ment, enivrantes d'agitation, vous disiez : Quelle misère, quelle pauvreté, quel vide que tout cela ! comme on s'y sent abaissé, diminué, amoindri sous tous les rapports ! pour s'y mêler il faut bien y être condamné par les servitudes de sa position : alors Dieu donnait le pain à votre âme ! Rappelez-vous cet instant où, par l'effet d'une belle action, parfaite de dé-sintéressement, pleine de dangers réels, mais bien utile au malade et au captif pour les consoler, pour ranimer leur cou-rage, vous étiez heureux ; il y avait au

dedans de vous-même, des voix qui vous
louaient, c'était une fête véritable et comme
un avant-goût du Paradis : alors Dieu donnait le pain à votre âme ! Rappelez-vous cet
instant où, frappé dans vos affections soit de
parenté soit d'amitié, ayant sous les yeux
une dépouille froide, qui ne répondait ni
à votre parole, ni à vos larmes, ni à vos
sanglots, vous disiez : Il ne se peut pas que
la coupe de nos relations soit brisée pour
toujours, la bonté de Dieu s'y oppose ; plus
tard, dans une vie meilleure, nous boirons
à cette même coupe et nous y boirons ensemble la félicité divine : alors Dieu donnait le pain à votre âme !

Rappelez-vous cette heure où, sous l'at-
trait d'une influence satanique, attachée
à votre perte morale dont elle s'était fait
la promesse, vous avanciez lentement, mais
toujours dans la voie de la perdition ; un
coup de tonnerre retentit dans votre cons-

cience, un sinistre éclair y brille ; à sa
lueur, le gouffre duquel vous approchiez,
vous apparaît sombre, profond, ténébreux ;
l'effroi vous saisit ; vous vous hâtez de re-
tourner en arrière : Jamais, jamais ! disiez-
vous, plutôt la mort que le déshonneur :
alors Dieu donnait le pain à votre âme !
Rappelez-vous cet instant où les chaînes
des passions vous accablaient, vous gémis-
siez de ne pouvoir les rompre, vous dé-
ploriez votre esclavage, vous vous repro-
chiez la lâcheté de consommer un temps
précieux à des entretiens sans nom possible, et où vous appeliez votre délivrance
avec plus d'ardeur que le prisonnier la
sienne au fond de son cachot : alors Dieu
donnait le pain à votre âme ! Rappelez-
vous cette heure bénie où, sortant enfin
de cette honteuse misère, remontant tous
les degrés que vous aviez descendus sous
la tyrannie des appétits mauvais, vous

retirant d'entre les morts, vous sentiez en vous la dignité recouvrée, l'opprobre des scandales fini, et finie aussi la pratique du mensonge, de la dissimulation, de l'hypocrisie ; vous vous écoutiez sans-entendre de reproches, vous vous regardiez sans avoir sujet de rougir, vous respiriez librement un air pur et lumineux : alors, oh! alors, Dieu donnait le pain à votre âme!

Notre Père qui êtes aux cieux, nous vous avons demandé le pain du corps ; celui de l'âme nous est encore plus nécessaire ; aussi bien, le pain du corps c'est pour le temps que nous traversons rapidement, et le pain de l'âme c'est pour l'éternité où nous serons à jamais fixés. Ce pain de l'âme, vous nous le fournissez avec abondance dans vos saintes Ecritures, et dans les enseignements de votre Eglise. C'est chaque jour au moins qu'il nous importe de le prendre par la lecture et la réflexion.

Nos forces spirituelles et morales qu'il répare, diminuent si vite au milieu des nombreuses occasions qui se présentent pour
nous de les dépenser ! Les attaques qui assaillent au dedans et au dehors notre fidélité à la pratique de vos lois, sont inces-
santes. Pour que notre âme y résiste, il
faut qu'elle se fortifie en se nourrissant de
son pain qui est la vérité ; faites-nous—en
sentir le besoin, que nous en soyons affamés,
afin qu'il nous soit impossible de nous en
priver, et que la nécessité d'y recourir ne
cesse de nous presser.

Si nous n'éprouvions pas ce besoin, si
nous ne ressentions pas cette faim, et,
dès lors, si nous ne nourrissions pas notre
âme avec votre sainte parole, soit lue,
soit entendue, ah ! que votre miséricorde, par des impressions soudaines et
vives, par des clartés lumineuses et su-
bites, agisse sur nous, qu'elle nous sai-

sisse, qu'elle nous pénètre, qu'elle nous entraîne à vous aimer et à vous servir de tout notre cœur. Alors nos triomphes sur tout ce qui tendrait à nous éloigner de vous seront continuels, ils nous rempliront de satisfactions indicibles et nous nous assurerons, avec eux, la glorieuse destinée où notre corps spiritualisé ne vivra plus de matière, et où notre âme continuera sa vie par la vérité vue dans son essence, c'est-à-dire en vous-même, nous faisant participer à la plénitude de votre félicité dans la mesure où nous pouvons en jouir. Donnez-nous notre pain quotidien, notre Père qui êtes aux cieux !

Amen.

ORAISON DOMINICALE.

VI

LE PARDON DES OFFENSES.

VI

LE PARDON DES OFFENSES

---

*Dimitte nobis debita nostra,
sicut et nos dimittimus debitori-
bus nostris.*

Pardonnez - nous nos offenses
comme nous pardonnons à ceux
qui nous ont offensés.

SIRE,

C'est par la fortune, par le travail et par
la charité, que Dieu donne à l'homme en
ses diverses conditions le pain de l'existence corporelle. Il lui donne le pain de
l'existence intellectuelle et morale par son

adorable parole consignée dans la sainte Ecriture, et par la prédication qu'en fait le ministère evangélique.

Dieu donne aussi à l'homme le pain de l'intelligence et de la conscience par des illuminations intérieures, par de secrètes inspirations, par de vives impressions qui l'éclairent, le ravissent et le livrent quelquefois à de salutaires remords.

Je suis à la porte de votre cœur, dit Notre-Seigneur, je frappe : laissez-moi entrer, je ferai la cène avec vous, je vous nourrirai de vérité, et ainsi je vous donnerai la vie. Précieuse sollicitation ! Parmi nous en est-il beaucoup qui n'aient pas entendu au dedans d'eux-mêmes les coups répétés du divin Sauveur demandant son entrée dans leur cœur pour le renouveler, le transformer, lui donner le bonheur.

Si l'homme ne prenait pas le pain ma-

tériel qui lui est nécessaire, son corps dé-
faillirait, périrait, et mourrait vite. Egale-
ment, si l'homme ne prenait pas sa nourriture spirituelle, son âme s'affaiblirait,
s'appauvrirait, et sa mort serait tout à la
fois certaine et prompte.

Quand l'âme a pris son aliment qui est
la vérité, ses forces morales se renouvel-
lent, elle a de puissantes énergies pour
s'établir dans le bien et s'y conserver. S'il
lui arrive de le quitter, elle sent alors, plus
qu'elle ne le voit, la nécessité de se repen-
tir et d'obtenir son pardon, et alors encore
elle pousse vers le ciel son cri de détresse
et de confiance : Pardonnez-nous nos offenses comme nous pardonnons à ceux qui
nous ont offensés.

Cette demande qui suit immédiatement
celle du pain, ainsi que cela devait être,
sera l'objet de cet entretien dont elle nous
offre elle-même la division.

20

Considérons d'abord que nous offensons Dieu ; secondement que, l'ayant offensé, nous devons lui demander pardon, et, troisièmement, à quelle condition absolue il nous pardonne.

PREMIER POINT.

Nous offensons Dieu. Pour le bien comprendre, reconnaissons que l'offense est la violation d'un droit. C'est ainsi que nous nous disons offensés quand nous avons été lésés dans notre fortune, dans notre personne, dans notre honneur. Dieu a des droits sur nous, qui pourrait le contester? Nous tenons de lui tout ce que nous possédons. Il nous a tirés du néant, il nous préserve d'y retomber, il nous a donné nos qualités de l'esprit, du cœur, celles aussi

qui ornent notre front. Nous n'avons rien
que nous n'ayons reçu de sa libéralité.
Nous lui appartenons en tout et pour tout.
Ce droit suprême, il s'est empressé de l'affirmer dès notre création. Aussi bien il
nous a tracé les lois qui devaient régler
l'emploi de nos facultés diverses. Si nous
nous permettons de violer cet ordre, nous
nous rendons coupables d'offense envers
Dieu, nous nous constituons son égal en
nous octroyant une indépendance que
nous n'avons pas, et en ne voulant relever
que de nous-mêmes, ce qui est le droit
de Dieu seul.

N'importe, nous nous plaçons hardi-
ment dans cette illégitime indépendance
qui est un véritable désordre. Nous méconnaissons l'autorité du souverain Créateur. Massillon a dit que le premier usage
de notre raison, lorsque nous en atteignons
l'âge, était une violation de la loi de Dieu.

Cette violation continue avec les années, elle augmente avec elles, et sans retard, ou sans trop de retard, elle se conclut en habitude. Alors c'est une chaîne funeste qui lie fatalement, c'est une nouvelle concupiscence, c'est un second péché originel que l'on subit, pour les suites du moins.

Qu'est-ce à dire un second péché originel? une seconde concupiscence? Ecoutez : quand Dieu fit la défense que vous savez, à nos premiers parents, il leur dit et avec menace, que s'ils l'enfreignaient, ils connaîtraient la science du bien et du mal. Que signifie cette parole? Il est de toute évidence qu'Adam et Eve avaient théoriquement la science du bien et du mal; sans elle ils n'auraient pas été des créatures raisonnables, et ils ne se seraient pas trouvés sous la responsabilité de leur conduite. La science qu'ils n'avaient pas et qui devait leur être funeste lorsqu'ils

l'auraient acquise, c'était la science pratique du mal, cette science qui deviendrait
en eux une impulsion à le pratiquer de
nouveau, comme un besoin d'en réitérer
les actes et les prétendues jouissances.
Dans ce cas, l'imagination par les souvenirs
est un miroir sous les feux radieux du soleil, elle éblouit la raison ; c'est un état,
lorsqu'il n'est pas contenu, qui donne le
vertige ; c'est la situation d'un homme qui
descend une pente rapide, elle le domine
et le précipite. De là cet axiome, qu'il y
a plus loin de la vertu à un premier égarement, que d'un premier égarement à
mille. C'est une semence d'une fécondité
telle qu'elle se reproduit au centuple.
Notre-Seigneur demandait à un pécheur
qu'il rencontra, quel était son nom, il répondit : Je m'appelle Légion. Tous les
esprits mauvais s'étaient successivement
emparés de lui.

S. Augustin connaissait cette servitude, bien qu'il se fût gardé fidèle du
côté de la terre, en étant infidèle du
côté du ciel. Il ne faut pas oublier toutefois que son désordre, inexcusable sans
doute, a pour lui des circonstances atté-
nuantes : la première, c'est que le fils de
Monique n'était pas encore chrétien ; et la
seconde, c'est qu'il s'était égaré par le
cœur, et qu'un égarement de cette nature est presque une vertu, relativement à
ces odieuses pratiques des basses passions
qui aiment le changement, et qui le pour-
suivent dans le vain espoir de se conserver
avec lui toujours les mêmes. Il disait :
Sylvescebam, expression dont nous n'avons
pas l'équivalent dans notre langue. C'était
comme un taillis, un fourré, une forêt qui
se formait épaisse autour de lui, qui le ser-
rait, qui l'enlaçait de toutes parts, et lui
ôtait toute issue pour en sortir.

Dans la voie des faiblesses engendrant les faiblesses, la logique, qui est maîtresse en toutes choses, fait avancer d'un pas rapide vers la situation désastreuse où, subjugué par l'habitude, on dit : Je ne puis pas ; quel mal fais-je ? ma nature est plus puissante que ma volonté ; et où l'on ne tarde pas à se demander ce que c'est que la vertu, si ce n'est pas un préjugé, si le bien et le mal ne sont pas à peu près la même chose ; ce qui mène à dire que tout est bien, que tout est mal, et par conséquent qu'il n'y a ni bien ni mal.

Nous sommes tous pécheurs. S. Jean dit que celui qui oserait soutenir qu'il n'a pas péché, serait un menteur. Mais s'il n'est personne, dans cet auditoire, qui n'ait marché dans la voie des faiblesses humaines, grâce à Dieu, il n'est personne aussi qui s'en soit justifié au tribunal de sa raison, en déclarant toutes les actions

indifférentes, sans vertu et sans malice;
seulement au tribunal de la conscience où
notre condamnation est portée, nous demandons des remises, des délais, avant de
nous séparer du péché. Nous voulons en
obtenir le pardon, mais nous renvoyons à
plus tard de le solliciter. Quelle folie que
ce renvoi, puisque la servitude morale
augmente à mesure qu'il se prolonge!
Cependant, voyons la nécessité de recevoir ce pardon de nos offenses envers
Dieu.

SECOND POINT.

Quand nous avons offensé Dieu, nous
nous trouvons placés inflexiblement entre
le pardon à recevoir ou l'expiation à endurer. Si la sagesse de Dieu était com-

promise dans le cas où il n'aurait pas
donné des lois à l'homme en le créant, sa
sainteté se comprendrait-elle mieux dans
le cas où les lois données seraient impunément violées? Dieu peut-il abandonner
au mépris, au dédain, sa souveraine autorité, et n'est-il pas nécessaire que la ma -
jesté de ses volontés soit vengée lorsqu'elle
est méconnue?

Tertullien, ce vigoureux apologiste de
la foi chrétienne, qui en plaidait la cause
devant les gouverneurs et les empereurs,
ne demandant que la liberté pour elle, la
liberté de prier et d'enseigner, faisant voir
qu'on la lui devait, tant ses disciples étaient
nombreux : Nous ne sommes que d'hier,
disait-il, et pourtant nous remplissons vos
villes et vos campagnes qui deviendraient
des déserts, si nous les quittions, répondait
à ceux qui se récriaient sur la justice de
Dieu, de ce qu'elle frappe les violateurs

de ses droits : Voudriez-vous donc un Dieu qui tînt pour actions égales l'ordre et le désordre, la bonne conduite et la mauvaise, le vice et la vertu, et sous l'empire duquel les forfaits auraient sujet de s'applaudir ? Voudriez-vous donc un Dieu indifférent à ces manières de vivre qui consomment le temps au jeu, au sommeil, en promenades, en dissipations de tous genres, sans jamais rien faire de réellement utile ? Voudrions-nous donc un Dieu indifférent à ces pratiques d'habileté véreuse, qui entassent richesses sur richesses en bien peu de temps, qui se construisent des résidences somptueuses dont les murs suent les larmes, et gémissent les gémissements des malheureux qu'elles ont dépouillés plus ou moins secrètement, avec la perfidie d'appâts comparables à ces machines si terribles aux imprudents qui s'en approchent trop : elles

les saisissent et les broient? Voudrions-
nous donc un Dieu indifférent à ces dé-
molitions des vieilles croyances, démoli-
tions qui s'inquiètent peu de n'avoir aucun
édifice pour remplacer celui qu'elles abat-
tent, et qui laissent ainsi sans demeure
l'esprit de l'homme, qui ne peut pas plus,
et peut-être moins que son corps, s'en
passer?

Voudrions-nous donc un Dieu indifférent à ces excès de fêtes, de jouissances, de plaisirs perpétuels, qui font
naître dans ceux qui ne peuvent y participer, livrés qu'ils sont à un labeur sans
fin, le désir de les avoir à leur tour, et de
saisir l'occasion de se les procurer avec
violence, en changeant par des moyens
terribles les rôles et les existences? Voudriez-vous donc un Dieu indifférent à ces
mises où le vêtement ne remplit pas sa
fonction sacrée, où du moins il la remplit

à peine, où il semble même à chaque instant qu'il va cesser entièrement de la
remplir? Voudrions-nous donc un Dieu
indifférent à ces réunions, véritables sa-
turnales, où lorsqu'on s'est mis un masque,
on se croit libre de souffleter la pudeur
chrétienne, avec des propos qui feraient
rougir de honte si l'on n'avait pas le visage
couvert?

Voudrions-nous donc un Dieu indifférent à ces peintures lascives écrites
dans des livres, au bas des feuilles journa-
lières, et qui révèlent avec détails, souvent sans aucun blâme, les pensées et les
œuvres du déréglement; et à ces représen-
tations théâtrales qui scraient sans intérêt
si ce déréglement ne remplissait pas le
premier rôle, s'il n'était pas l'âme de tout
ce qui se dit, de tout ce qui se fait, de tout
ce qui se laisse supposer, et où, malgré l'affirmation contraire, si la vertu triomphe

c'est sous les yeux et non dans les cœurs?
Enfin, voudriez-vous donc un Dieu indifférent à ces maximes répandues dans le
monde, qu'il n'y a que les êtres sans valeur intellectuelle qui ne soient pas en-
gagés dans des liaisons et des commerces
illicites; un Dieu indifférent à cette plaie
qui ronge les familles, la société, et que
l'on ne saurait mieux comparer qu'à celle
de l'Egypte, lorsque Moïse la fit dévorer
par des insectes?

Non, non, vous ne voulez pas d'un Dieu
pareil; votre raison d'homme, aussi bien
que votre foi de chrétien, renverserait
son trône. Un Dieu qui donne des lois, qui
commande de les observer, et qui ne punit
pas leurs infracteurs! Mais c'est le Dieu
statue, dont il est dit qu'il a des yeux, et qu'il
ne voit pas, des oreilles, et qu'il n'entend
pas, des lèvres, et qu'il ne parle pas, des
pieds et des mains, et qu'il ne se meut pas;

ou plutôt c'est le Dieu passions auquel le paganisme, pour être plus à l'aise dans ses désordres, avait dressé des autels. Des dieux semblables ne sont pas des dieux ; mieux valent les ténèbres et les horreurs de l'athéisme.

Mais, dites-vous, Dieu est bon. C'est vrai ; jamais, non jamais, nous ne saurons assez le proclamer ; il est bon, essentiellement bon, souverainement bon. Ecoutez S. Ambroise, disant que le pécheur donne à la miséricorde de Dieu le plus beau de ses attributs, l'occasion de se manifester. Répétons ces belles paroles, d'autant plus que le moment de la transformation annuelle des âmes est venu : le pécheur fournit à la miséricorde de Dieu le plus beau de ses attributs, l'occasion de se manifester. Mais si Dieu est bon, il est juste aussi, et sa justice ne lui est pas moins nécessaire que sa bonté : Tertullien, ce dur Africain,

si profond en ses idées et si concis en son
langage, nous donne une magnifique doctrine sur la bonté et la justice de Dieu, *ex
suo bonus, ex nostro justus*. Dieu, dit-il,
est bon de lui-même ; pour l'être, il n'a
pas besoin d'une matière extérieure, c'est
son inclination naturelle ; pour être juste,
il lui faut cette matière, et nous ne sommes
que trop empressés à la lui fournir par
nos offenses. Loin donc que sa justice soit
opposée à sa bonté, bien au contraire elle
la défend. Ecoutez : la bonté vous crée,
elle a droit que vous lui soyez soumis ; vous
ne le voulez pas, la justice intervient alors
pour que vous reconnaissiez de force cette
bonté que vous n'avez pas voulu reconnaître de plein gré. Ainsi, dit Bossuet, la
justice fait les affaires de la bonté.

La notion de Dieu est complète dans la
doctrine chrétienne ; il donne la vie à
l'homme, c'est un acte de bonté ; il lui

trace des règles de conduite, c'est un acte de sagesse ; il l'oblige à s'y montrer fidèle, c'est un acte de sainteté ; il le punit quand il les viole, c'est un acte de justice ; il lui offre son pardon, c'est un acte de miséricorde. N'est-il pas évident que l'homme, après s'être montré ingrat envers la bonté, s'il repousse les avances de la miséricorde, mérite de tomber sous les coups de la justice, et puisqu'il se constitue inexcusable, il est non-seulement permis, mais commandé à Dieu, par sa perfection, d'être inexorable.

Ne nous jouons pas de Dieu ; prenons-y bien garde, dit l'apôtre S. Paul, il ne se laisse pas insulter à toujours ; et si pour l'avoir fait, et ne s'être pas repenti, l'on tombait entre ses mains, à quelle horrible destinée l'on se serait dévoué ! David avait commis deux grands attentats : le déshonneur domestique de l'un de ses capitaines,

et le meurtre de cet officier, en ordonnant
au chef de ses armées de le mettre en première ligne, à la portée de l'ennemi qui le
frappa mortellement. Or, ce roi coupable
ne cessait pas, et avec raison, de demander son pardon à Dieu. Seigneur, disait-
il, ayez pitié de moi selon votre immense
miséricorde, et si mes iniquités sont si
grandes que ce ne soit pas assez pour moi
d'une miséricorde, eh bien ! ayez pitié de
moi selon la multitude de vos miséri-
cordes. Le moyen assuré d'obtenir le
pardon, c'est de l'accorder pour les offenses
qu'on a reçues. Notre-Seigneur nous fait
dire : Pardonnez-nous, comme nous pardonnons.

TROISIÈME POINT.

Notre divin Sauveur dans tout l'Ancien
Testament, où il est annoncé comme le

Messie futur, y porte toujours le titre de
pacificateur béni, de prince de la paix. A
sa naissance, les anges qui l'acclament,
chantent la paix apportée aux hommes de
bonne volonté. Lorsqu'il instruit ses disciples de la mission qu'ils vont avoir à
remplir, il leur dit de prêcher la paix partout et toujours. Pour qu'elle soit sincère
et durable, il la fonde sur la charité s'é-
tendant jusqu'à l'amour des ennemis. Si
vous n'aimez que ceux qui vous aiment,
dit-il, où est votre mérite? si vous faites
du bien à ceux qui vous font du mal, oh!
alors, vous valez, et valez beaucoup, puisque vous remportez une victoire sur vous-
mêmes, et que vous dominez les instincts
mauvais de votre nature. Que le soleil ne
se couche jamais sur votre ressentiment.
S. Pierre demande au Sauveur : Combien
de fois faudra-t-il que je pardonne à mon
frère? Le Seigneur répond : Je ne vous dis

pas sept fois, mais septante fois sept fois :
en d'autres termes, toujours. Si vous vous
rappelez, au moment où vous présentez
votre offrande à l'autel, que l'un de vos
frères a de la haine pour vous, allez
d'abord vous réconcilier avec lui. La miséricorde, voilà le sacrifice demandé avant
tout autre.

Ce maître adorable a voulu par un fait,
durant sa Passion, montrer que la réconciliation avec le prochain était sa volonté
première, expresse, absolue. Hérode et
Pilate, ces deux gouverneurs, l'un de la
Galilée, l'autre de la Judée, se détestaient
violemment; la jalousie en était cause, sans
aucun doute. Jésus notre Sauveur, pour
avoir paru devant eux successivement, les
amène à leur réconciliation mutuelle.
Quand les païens émus s'écriaient, en
parlant des chrétiens : Comme ils s'aiment! ils pouvaient ajouter : Comme ils

nous aiment! S. Paul ne disait-il pas :
Nous chérissons ceux qui nous haïssent,
nous bénissons ceux qui nous maudis-
sent, nous faisons du bien à ceux qui nous
font du mal? Qu'ils étaient beaux ces
premiers disciples du Christ lorsqu'ils
baisaient la main qui s'apprêtait à les
immoler! Qu'ils étaient beaux lorsqu'ils
y déposaient eux – mêmes , ou y faisaient déposer par l'un de leurs frères
la preuve matérielle de leur amour pour
elle!

Ce sont les passions qui divisent les
hommes et les remplissent d'animosité les
uns pour les autres; c'est l'orgueil qui
blesse, c'est la cupidité qui dépouille, c'est
le sensualisme qui déshonore. Alors les
susceptibilités légitimes et naturelles, au
reste, s'émeuvent, elles s'irritent, elles
s'emportent; la vengeance naît avec ses
dépits, sa haine, et les serments qu'elle se

fait à elle-même de ne jamais pardonner.
C'est à l'égard d'un parent, d'un ancien
ami qu'elle s'indigne, qu'elle se sépare,
qu'elle se concentre dans une hostilité
funeste à elle-même d'abord. Alors sur-
viennent les luttes d'individu à individu,
de famille à famille, de peuple à peuple ;
ce sont des douleurs, des larmes, du sang ;
alors les hommes ne se regardent plus
comme des frères, ils cessent même d'être
des créatures raisonnables, tant ils deviennent cruels et impitoyables les uns
envers les autres.

Notre-Seigneur n'a cessé de condamner, par ses discours et par ses exemples,
ces fureurs sauvages. Pour que la condamnation ne soit pas sans résultat, il nous
montre Dieu qui intervient en faveur de
la réconciliation et de la paix réciproque.
Il dit à l'offensé : Vous parlez de votre droit
qui a été méconnu : le mien, l'avez-vous

respecté? Votre frère vous doit, nierez-
vous que vous me devez? qu'il ne vous
doive plus, et vous aurez cessé de me devoir; pardonnez-lui, et je vous pardonne.
Admirable et touchante ordonnance de la
miséricorde infinie! c'est dans le même
sens que notre Sauveur, pour que l'intérêt de pitié et de secours fût assuré
au pauvre, s'est mis à sa place, s'est
personnifié en lui. Tout ce que vous ferez au plus petit des miens, c'est à
moi – même que vous le ferez, et un
verre d'eau froide que vous lui donnerez en mon nom ne restera pas sans
récompense.

Sans doute, il est des offenses bien
cruelles : abus de la confiance la plus
intime et la plus entière, ingratitude
monstrueuse : non-seulement elle oublie
les services qui lui ont été rendus, mais
elle se plaît à nuire et à profiter des confi-

dences qu'elle a reçues pour porter pré-
judice; calomnies honteuses, tout un système de malice qui travaille à faire croire
perverses les plus pures intentions, coupables les plus honnêtes démarches, cri-
minelles les actions les plus vertueuses.
Comment pardonner? ce sont des serpents
acharnés à une proie. Pardonnez-leur,
mon Père, ils ne savent ce qu'ils font!
Vous entendez; vous savez quelle est cette
voix, vous savez d'où elle vient : Pardonnez-leur, mon Père, ils ne savent ce
qu'ils font! Au Calvaire, le divin Sauveur
endure le supplice le plus horrible, le
plus ignominieux et le plus immérité. La
haine de ceux qui se sont faits ses ennemis
augmente à la vue de ses douleurs, au
lieu de s'affaiblir; ils attendent sa mort,
mais pour les prolonger ils souhaitent
qu'il continue à vivre. Quels outrages,
quels blasphèmes, quelles injures! Et ce-

pendant le divin Crucifié n'a fait que du bien durant son existence; probablement parmi ceux qui le couvrent de cris de fureur, il y en a dont il a délié la langue. Pardonnez-leur, ils ne savent ce qu'ils font. Eh quoi! il les excuse, ils ne savent ce qu'ils font!

Oseriez-vous comparer l'offense que vous avez reçue à celle que reçoit le Sauveur adorable? la vôtre vous a-t-elle attaché à un infâme gibet? vous a-t-elle fait la risée d'une foule atrocement ameutée? vous a-t-elle dépouillé de tout? vous a-t-elle donné du fiel et du vinaigre pour soulager une soif de feu? Votre offense! mais vous pouvez vous en servir et en tirer plus de profit qu'elle ne vous a fait de mal; vous pouvez en acquérir la jouissance de la miséricorde de Dieu dont vous avez peut-être grand besoin, tant vous avez contracté de dettes envers sa justice, par des

fautes nombreuses et bien graves. Qu'avez-
vous perdu par cette offense qui vaille ce
qu'il ne tient qu'à vous de gagner avec
elle? Notre Sauveur ne pouvait espérer des
siennes aucun avantage personnel; il n'a-
vait rien à demander pour lui-même à la
miséricorde de son Père, puisque par lui-
même il ne lui avait fait aucune offense;
il n'était pas dans la nécessité de dire :
Pardonnez-moi, je ne savais ce que je
faisais. Vous, au contraire, vous avez fait
avec connaissance ce que vous ne deviez
pas faire.

Ne nous y trompons pas; la situation
est impérieuse et extrême : ou donner
aux ennemis le pardon au nom de Dieu et
pour Dieu, ou n'attendre de Dieu aucun
pardon pour soi-même et rester sous le
poids de sa terrible justice. Vous le subi-
riez d'autant plus sûrement que, pour le
conjurer, vous n'auriez pas la prière; que

23

vous solliciteriez en vain la miséricorde,
puisqu'elle n'est assurée qu'à celui qui la
fait. L'oraison du Seigneur ne vous serait
plus possible; il y aurait malheur pour
vous à la réciter, en disant : Pardonnez-
nous nos offenses, comme nous pardonnons à ceux qui nous ont offensés. Puisque
vous refusez le pardon, ce serait dire : Ne
me pardonnez pas. Changez ces dispositions lamentables, et de nécessité faites
vertu, vertu précieuse, à l'exemple de
l'abbé de Rancé. S'arrachant à une vie
mondaine, légère, scandaleuse, il s'en-
sevelit, pour l'expier, dans les austérités
de la Trappe, où Bossuet, resté son ami
depuis leurs études en commun, venait
de temps en temps se reposer de ses grands
travaux et respirer un air du ciel. Le souvenir de ses fautes tourmentait ce pécheur
fameux, transformé en un pénitent plus
fameux encore. Il disait souvent : Mon

Dieu, s'il était permis de vous demander des ennemis, je vous ferais la prière d'en avoir, en ajoutant celle de votre grâce pour leur pardonner; oui, je vous dirais : Accordez-moi des ennemis, accordez-moi de leur pardonner, afin que je m'assure auprès de vous le pardon duquel j'ai tant et tant besoin !

Notre Père, qui êtes aux cieux ! elles sont nombreuses nos offenses envers vous : il y a celles de notre jeunesse, il y a celles de notre âge mûr, il y a celles de notre vieillesse, il y a celles que nous avons commises, il y a celles que nous avons fait commettre. Que d'offenses ! oh ! que d'offenses ! Il en est parmi elles que nous n'osons même pas regarder: elles sont si pleines de honte et de confusion ! Nous vous en demandons le pardon, qu'elles soient pour vous comme si elles n'avaient jamais été ! Vous nous le promettez dans

votre Ecriture où vous nous dites, accom-
modant votre langage à notre manière de
nous exprimer, qu'après nous avoir par-
donné nos offenses, vous les jetez derrière
vous. Ah! jetez-les toutes, ces offenses,
jetez-les loin, bien loin; qu'elles ne soient
plus présentes à la pensée de votre justice.
Cette grâce, nous vous remercions de
l'avoir fait dépendre de nous : vous nous
assurez de nous pardonner si nous pardonnons à notre frère. Père, c'est du fond de
notre cœur, sans qu'il y reste la moindre
impression d'animosité ou de haine, que
nous lui remettons la dette qu'il a con-
tractée envers nous en nous offensant;
nous lui ferons du bien si vous nous en
fournissez l'occasion et les moyens. En
accomplissant ainsi vos ordres, nous
obtiendrons de votre bonté des grâces
qui nous préserveront de la nécessité de
vous demander encore pardon, en nous

préservant du malheur de vous offenser de nouveau. Pardonnez-nous nos offenses, comme nous pardonnons à ceux qui nous ont offensés, notre Père qui êtes aux cieux !

Amen.

ORAISON DOMINICALE.

VII

LE TRIOMPHE SUR LES TENTATIONS.

VII

LE TRIOMPHE SUR LES TENTATIONS.

> *Et ne nos inducas in tenta-*
> *tionem.*
>
> Et ne nous laissez pas aller
> en la tentation.

Sire,

Une des paroles de Notre-Seigneur
Jésus-Christ avant de commencer sa san-
glante passion, dont le douloureux anniversaire occupe aujourd'hui, plus encore

24

nos cœurs que nos esprits, nous donne
la facilité d'y rattacher l'étude que nous
devons faire de la doctrine des tentations, après avoir fait celle de la doctrine
du pardon des offenses.

Notre-Seigneur annonce à ses Apôtres
que l'heure suprême est arrivée où ils
vont tous l'abandonner. Le pasteur, dit-il,
sera frappé, et le troupeau se dispersera.
Pierre prenant la parole, comme c'était
son ordinaire, affirmant ainsi, sous les
yeux du Maître, la primauté d'honneur et
de juridiction qu'il en avait reçue, répond :
Vous abandonner, jamais, nous mourrons plutôt avec vous ! Mourir avec moi !
reprend le divin Sauveur, l'esprit est
prompt à s'engager, à faire des promesses,
et au besoin des serments ; mais lorsqu'il
faut tenir la promesse, remplir l'engage-
ment, se montrer fidèle au serment, que
la chair est faible ! Veillez et priez afin que

vous ne succombiez pas à la tentation qui
est proche !

L'annonce de Notre-Seigneur, ainsi que
vous le savez, ne se vérifia que trop et bien
promptement. Dès qu'il permet son arres-
tation aux gens envoyés par le grand
prêtre pour l'opérer, les Apôtres s'enfuient
tous; le plus jeune, saisi par son vêtement,
l'abandonne de peur d'être pris en le dé-
fendant. Ne nous laissez pas succomber à
la tentation ! Considérons d'où elle vient ;
de quelle nature est l'assistance que Dieu
nous y donne; et ce qu'il demande de
nous pour l'obtenir.

Tel est le sujet de ce discours, où plusieurs fois nous nous retrouverons avec
des circonstances de la passion de notre
adorable Sauveur.

PREMIER POINT.

D'où vient la tentation ? Disons d'abord qu'elle est l'excitation à ne pas observer la loi de notre dépendance vis-à-vis de Dieu, à ne pas chercher en lui et par lui notre bonheur, à ne pas user de nos facultés et à ne pas nous servir, conformément à sa volonté, des choses qu'il a mises à notre disposition. Il n'est personne qui n'éprouve la tentation. C'est par ses instances répétées, bien plus que par un mouvement spontané, que nous méconnaissons le devoir, que nous laissons la voie qui nous est tracée par Dieu, pour nous en ouvrir une et la suivre à notre gré.

Or, d'où vient la tentation ? Est-ce de Dieu ? Non, dit l'Apôtre, Dieu n'est pas tentateur, ce qui est manifeste ; est-ce que

Dieu peut nous porter à violer les lois qu'il nous a données, et dont il nous commande la pratique ? En cette hypothèse, où serait l'unité de Dieu, de ses pensées et de ses desseins ? où serait sa sainteté qui consiste dans son identité avec lui-même, qui repousse de lui tout changement en ses actes et ses conceptions, à plus forte raison, toute contradiction ? Sans doute Dieu est dans nos tentations ; mais en ce sens qu'il les permet, et, sous ce rapport, rien de contraire à sa sagesse et à sa sainteté ne se rencontre. Aussi bien la tentation n'est pas mauvaise essentiellement. Elle nous devient profitable si nous le voulons. En y résistant, en triomphant de ses attaques, nous acquérons de précieux mérites.

Mais d'où vient donc la tentation ? Qui en est cause ? Notre nature, parce que nous sommes des créatures finies, et ensuite parce que nous sommes des créatures tombées. Tout ce qui est fini, participant de soi-même, est faible, infirme, fragile, sujet à l'erreur, aux illusions et aux fausses appréciations. Il en serait autrement pour cette créature, si sa destinée complète était en sa possession. Alors, en effet, pleinement heureuse, nul désir contraire à son état ne s'élèverait en elle ; son bonheur étant dans la mesure de ses facultés, qu'il comble, rien ne s'offre à elle comme but de jouissance à poursuivre. Elle est heureuse, entièrement, complétement heureuse ; il n'y a donc à craindre pour elle ni trompeuses apparences, ni mensongères perspectives, ni mirages séducteurs.

Mais après notre création nous n'avions pas cette plénitude de bien-être : elle nous avait été donnée en espérance, et promise comme la récompense de la fidélité que nous aurions gardée à Dieu durant une épreuve plus ou moins longue. La même condition avait été imposée aux anges; quelques-uns cessèrent de la remplir, ils crurent que leur justice et, par elle, le bonheur commencé qu'ils puisaient en Dieu, ils pourraient les tirer de leur propre fonds pauvre et borné. Ils se perdirent, parce que leur félicité n'était pas achevée et qu'ils voulurent l'achever par eux-mêmes. Ils sont tombés sans espoir de rédemption aucune, et ils cherchent à nous faire tomber pour que nous partagions leur infidélité d'abord, et ensuite leur supplice. Hélas ! qui ne sait qu'il y a autrement d'activité de la part du mal que de la part du bien à se communiquer? L'expérience journalière l'atteste. C'est pour cela que le mal ne peut pas supporter la présence du bien, au lieu que le bien supporte assez facilement la présence du mal.

A cette première cause de nos tentations, à savoir, que nous sommes des créatures limitées, en attente de leur bonheur
et par conséquent faillibles, se joint la
seconde cause, à savoir que nous sommes
des créatures tombées. Cette chute n'a pas
seulement doublé notre faiblesse, elle l'a
portée au centuple. Une tentation, par la
perfidie de l'ange déchu, nous est venue,
nous l'avons écoutée, nous l'avons crue,
nous l'avons acceptée : aussitôt tout s'est
renversé en nous. Sondons cette plaie lamentable.

Avant notre faute, il y avait dans notre
cœur, d'abord, l'amour de Dieu : amour de
gratitude pour notre existence, pour tout
ce qui l'accompagnait dans le présent, et
pour tout ce que l'avenir lui réservait ; et
amour de notre parfaite destinée, parce
que c'était en Dieu que nous devions la
trouver et en jouir. Sous ce premier amour

régulateur de tous les autres, il y avait l'amour de nous-mêmes, l'amour des biens sensibles nécessaires à l'entretien de notre vie, et l'amour de notre survivance, de notre perpétuité, et comme de notre immortalité ; Dieu s'étant réservé de créer seul les âmes, mais de former les corps avec l'homme, et de donner naissance aux générations par les générations. Ils étaient beaux, ils étaient purs ces trois amours ; mais l'homme s'étant séparé de Dieu, ayant quitté son amour, il s'ensuivit un déréglement déplorable dans les trois amours qui lui étaient subordonnés. Alors ont surgi les trois concupiscences : l'orgueil, la cupidité, la volupté. L'orgueil, l'amour de soi-même sans mesure ; la cupidité, l'amour des biens matériels sans retenue ; la volupté, l'amour sans règle des plaisirs sensuels.

Notre nature, dans son innocence, était

25

comme une atmosphère tranquille et se-
reine ; mais par la chute, les vents s'y
trouvent déchaînés, et l'obscurité s'y fait
souvent, parce que souvent y règne l'orgueil avec ses prétentions, ses suffisances,
ses affectations de grandeur vraie ou
fausse, ses dédains du prochain ou son in-
différence pour lui, ses airs solennels à
cause des avantages qu'il possède et qui
lui viennent de Dieu, ce qui devrait le re-
tenir en ses exaltations personnelles. Elle
règne aussi dans cette atmosphère, la
cupidité qui ne cesse d'ajouter richesse à
richesse, qui ne s'en sert pas comme d'une
influence salutaire pour la cause de la vérité, dont elle fait le même cas que Pilate
qui demande à Notre-Seigneur : Qu'est-ce
que la vérité? et qui s'éloigne sans attendre la réponse. Tous les moyens sont bons
pour la cupidité, les meilleurs sont les
plus prompts et les plus efficaces, n'im-

porte leur moralité. Elle ne règne pas
moins dans cette atmosphère, la volupté ;
elle se couronne de roses, elle dit :
Jouissons, demain nous mourrons, et
après la mort tout est mort. Sa coupe,
qu'elle vide sans relâche, est toujours
pleine comme celle de la justice de
Dieu pour les méchants : à mesure qu'ils
la boivent, elle se remplit ; la volupté
s'enivre à la sienne ; aussi quelles folies
ne fait-elle pas ! Quelle dépense honteuse de son temps, de sa fortune, de sa
vie même ! Voilà les trois volcans que
nous portons en nous, qui ne cessent de
répandre leur lave avec une abondance
dont la société est couverte.

Notre-Seigneur est venu condamner ces
concupiscences, et détruire leur empire
qui avait pris un accroissement lamentable. Pour n'être pas aussi vaste depuis, il
est toutefois grand, et très-grand ; mais

non–seulement le Sauveur est venu condamner ces concupiscences, il est venu
expier leurs actes. Quelle résistance, quelle
haine, quelle hostilité n'ont–elles pas op-
posées à ses discours et à ses exemples qui
les proscrivaient ; et au moment de sa
passion, avec quelle fureur elles se sont
vengées, se tenant pour assurées d'en
avoir fini de ses censures et de sa personne,
de ce qu'il disait et de ce qu'il faisait.
Voyez–les à l'œuvre lorsqu'il est entre
leurs mains !

L'orgueil se moque de ce charitable Rédempteur, il le traite comme un insensé,
il le couvre du vêtement de la folie, il le
lui fait porter au milieu du mépris et sous
les huées des rues de Jérusalem qu'il traverse pour aller d'un tribunal à un autre
tribunal, il lui donne des soufflets, il
couvre de crachats sa face, il le couronne
avec une branche d'épines, il met sur

ses épaules un lambeau de pourpre, à sa main un roseau, tout cela en dérision de sa royauté; il lui bande les yeux, il le frappe en lui disant : Prophétise qui t'a frappé? Il lui offre des adorations ironiques, il lui préfère un homme convaincu de crime, et l'élève pour son supplice entre deux scélérats. La cupidité, elle le vend trente pièces d'argent, ce que vaut la rançon d'un esclave ; elle lui prend tout ce qu'il a ; ses vêtements, elle les partage ; sa tunique, que sa sainte Mère lui a faite, comme elle est sans couture, la cupidité ne veut pas qu'elle soit divisée, elle la tire au sort. La volupté, elle l'attache à une colonne, elle s'arme de fouets et de lanières de cuir, elle frappe à coups redoublés son corps nu ; sa chair vole en lambeaux, son sang coule à flots, celui de sa tête couronnée d'épines coule en même temps, tous ses membres sont couverts de plaies ; elle

le charge du fardeau de sa croix, elle l'y
attache par les pieds et par les mains avec
des clous ; elle donne à sa soif, qui le brûle,
du fiel et du vinaigre ; elle le fait mourir
dans l'ignominie et d'atroces douleurs.
Ce sont ces convoitises nées en nous de
notre désobéissance à Dieu, et parce que
son amour cessa d'être le premier dans
notre cœur, qui nous suscitent les tentations dont nous sommes assaillis, et contre
lesquelles nous lui demandons de nous
assister. Quelle est la nature de cette assistance ?

DEUXIÈME POINT.

Elle est extrême la nécessité qui nous
presse, de l'assistance divine pour surmonter la tentation. Réduits à nos seules
forces, vaincus aussitôt qu'attaqués, nous
serions ses jouets et ses victimes. Elle

nous briserait comme du verre, elle nous emporterait comme de la paille, elle nous foulerait aux pieds comme de la poussière. C'est pour n'avoir pas, assez vif et assez profond, ce sentiment de notre besoin de l'assistance divine pour vaincre les tentations, que nous ne la réclamons pas, et qu'en étant privés dans la force de son efficacité, nous sommes terrassés par les mauvaises convoitises.

Mais quelle est la nature de l'assistance de Dieu dans nos tentations? Fait-elle que nous en soyons préservés? que jamais elle ne nous attaque? Nullement. Il se peut que cette exemption entière soit le privilége de quelques heureuses existences; pourtant ce privilége, tout exceptionnel, ne serait que provisoire. N'était-ce pas pour nous dire que nous serions tous sujets à la tentation que le divin Sauveur a voulu la subir, et se montrer en quelque sorte aux prises avec elle? Est-ce que les saints n'ont pas été tentés? Tous. Et n'est-ce pas à cause des tentations dont ils ont triomphé, et en raison de leur violence, qu'ils ont acquis la sainteté, qu'ils ont pratiqué l'héroïsme dans l'ordre moral? Il s'en est rencontré qui se sont plongés dans des étangs glacés, ou roulés sur des buissons d'épines, pour éteindre les feux de la concupiscence. S. Paul, à la suite de ses ravissements et de ses sublimes visions au troisième ciel, se plaint des révoltes humiliantes de la chair, qu'il appelle l'ange de Satan. Il dit qu'il a prié le Seigneur d'en être délivré et que le Seigneur lui a répondu de combattre avec le secours de la grâce.

Mais si l'assistance de Dieu ne nous préserve pas de la tentation, au moins nous y rend-elle insensibles, à peu près comme le rocher du rivage l'est aux flots furieux qui le frappent? Non, encore. La tentation au contraire nous émeut, nous agite, nous commotionne; une certaine effervescence, une certaine délectation se font sentir au dedans de nous. Cependant en tout cela nulle faute, si le consentement n'y est pas donné et tant qu'il n'y est pas donné. C'est pour son refus que nous disons : Ne nous laissez pas succomber à la tentation. Nous ne disons pas, les termes sont précis, Préservez-nous de la tentation, éloignez-la de nous, ou du moins qu'elle ne nous fasse aucune impression; nous disons : Ne permettez pas que nous y entrions, à ce point qu'elle nous enserre, qu'elle nous étouffe dans son sein, et que nous soyons ses pauvres victimes.

Au, reste si la tentation ni ne nous attaquait, ni ne pouvait nous vaincre, où serait le mérite de la résistance qui la domine?

26

où serait le mérite de la vertu qui la sur-
monte? Quels titres aurait-elle encore à la
couronne dont nous ornons son front, aux
· palmes triomphales que nous mettons à sa
main, aux hymnes que nous chantons en
son honneur? Pouvoir faillir et ne pas
faillir, être attaqué et ne pas être terrassé,
voilà de la gloire, voilà de la beauté morale, voilà du véritable mérite.

Mais en quoi consiste l'assistance divine
dans la tentation? Puisqu'elle ne nous en
préserve pas, et qu'elle ne nous y rend pas
insensibles, que fait-elle donc? Elle donne
des ressources dans la mesure du besoin,
elle égalise pour les forces la défense et
l'attaque, elle proportionne la puissance
de faire bien à l'obligation de bien faire,
et lorsque par la tentation les ténèbres se
répandent dans notre esprit, elle nous dispense la lumière nécessaire pour que nous
ne perdions de vue ni le devoir, ni sa

beauté, ni la splendeur de la victoire sur la tentation. Dieu disait à Caïn, que la jalousie et la haine préparaient au grand crime du meurtre d'Abel : Ton appétit mauvais, il est sous ton empire; si mauvais qu'il soit, tu peux le dominer. Tu sens en toi la force dont tu as besoin pour cette domination. N'est-ce pas à cause de ce sentiment que tu as de vaincre, si tu le veux, que quand tu cèdes aux mauvais instincts, intérieurement il y a une voix qui t'accuse, qui te condamne, qui te charge de ses foudroyants reproches?

Les appétits mauvais sont plus excités dans les situations plus élevées, les tentations règnent fréquentes et fortes en ces lieux, de même que les vents sont plus violents au haut des montagnes, et qu'il y a des parages sur l'étendue des mers où les orages éclatent presque sans relâche. Au sein des situations supérieures les occasions de faillir à la sainteté ne cessent presque pas; ce que l'on entend, ce que l'on voit, un certain pêle-mêle des existences, d'autre part l'esprit infernal aidant et avec quelle animosité, tout cela est si dangereux, que les Anges eux-mêmes seraient exposés à périr. C'est le monde dans toute son expansion. Aussi Notre-Seigneur, voyant à quels périls ses disciples s'y trouveraient condamnés, lorsque leur position sociale les obligerait de faire partie de ce monde, disait à son Père, dans sa belle prière, en allant à la mort : O mon Père, pour ceux que je vois à travers les siècles dans les grandes charges, dans les grandes fortunes, dans les grands honneurs, je ne vous demande pas de les en tirer; leur naissance et d'autres accidents les y placeront forcément; mais je vous demande de les y préserver du mal.

Toutefois il n'y a pas de situation, la prière de Notre-Seigneur l'a voulu et l'a préparé de la sorte, où la tentation, quelle que soit sa violence, ne puisse être surmontée. Jamais, non jamais il ne sera permis de dire, pour justifier une défaite de l'ordre moral, que le secours nécessaire au triomphe n'avait pas la mesure de force requise pour le remporter. Il n'est pas un seul coupable qui ait le droit de se couvrir de cette excuse, et quand il lui arrive de le tenter, sa conscience proteste énergiquement contre son audace ; elle lui demande s'il n'a pas honte d'ajouter le mensonge à la faute. Il est bien vrai que la difficulté de vaincre la tentation croît dans la proportion du nombre des défaites qu'elle nous a fait subir ; toutefois elle n'en reste pas moins sous la puissance de notre volonté ; pour affaiblie qu'elle soit, elle a encore la force , avec la grâce de

Dieu qui ne lui est jamais refusée, de sortir victorieuse de toutes les obsessions mauvaises.

Ils avaient le secours divin qui leur était nécessaire, Judas, pour ne pas vendre son Maître; les Apôtres, pour ne pas l'abandonner; Pierre, pour ne pas le renier. Ils avaient le secours divin, le grand prêtre et ses assesseurs pour ne pas poser à Notre-Seigneur des questions captieuses, pour ne pas suborner de faux témoins, seules ressources qu'ils eussent de pouvoir l'accuser, et pour ne pas crier au scandale lorsque, sur leur question s'il est le Fils de Dieu, il leur répond : Oui, je le suis; vérité qu'il voulut proclamer au moment où il allait la sceller de son sang, et donner l'exemple et la leçon de l'attachement qu'il y faudrait garder jusqu'à la mort, dans toute la suite des siècles.

Il avait le secours divin qui lui était

nécessaire, Hérode, cet homme de plaisirs,
pour ne pas se jouer du Sauveur, pour ne
pas lui demander d'amuser sa vaine curio-
sité par des prodiges, et ne pas insulter à
son majestueux silence par le dédain et en
le couvrant du manteau de la dérision. Il
avait ce secours, Pilate pour ne pas livrer
contre sa conscience, par lâcheté, sous
l'empire de l'ambition qui devait être
punie et qui le fut, l'innocent, le juste, à
la malignité de la haine portée jusqu'à la
fureur, et proclamer, en se lavant les
mains, que c'était à regret qu'il le condamnait, qu'il l'envoyait à la mort; ce
qui n'empêche pas que la suprême responsabilité de ce crime ne lui soit restée
à toujours. Ils avaient le secours divin
pour ne pas être cruels, inhumains, tous
ces Juifs qui, sur la cime du Golgotha,
jettent à la sainte victime demandant à
son Père de leur pardonner, les railleries,

les blasphèmes, les insultes de tous genres, au lieu de se laisser attendrir et
éclairer par sa douceur admirable, par
sa résignation sublime, par sa charité
au-dessus des forces de la nature et sans
exemple dans le passé, et au lieu de dire,
comme le capitaine romain, indifférent
nationalement à ce supplice qu'il avait
reçu l'ordre de surveiller, et qui, frappé de
tout ce qu'il y voyait et entendait, s'é-
criait : Cet homme est vraiment le Fils de
Dieu ! Il avait le secours divin, le mauvais
larron, pour reconnaître la sainteté, la di-
vinité de notre Maître, à l'exemple de son
compagnon de crimes d'autrefois et maintenant de torture, et adresser au Seigneur
cette prière : Souvenez-vous de moi quand
vous serez dans votre royaume, et non pas
cet outrage impérieux : Sauve-toi, et sauve-
nous avec toi.

Mais cette assistance divine pour

vaincre la tentation, elle obtient ses effets
à des conditions qu'il nous importe d'examiner.

TROISIÈME POINT.

La charité de notre adorable Rédempteur ne pouvait nous laisser sans enseignement sur les conditions auxquelles la
puissance morale triompherait en nous.
Il nous les a déclarées dans la circonstance que nous avons rappelée au commencement de ce discours; nous l'avons
entendu qui disait à ses Apôtres, pleins de
confiance en eux-mêmes contre la tentation dont ils allaient être assaillis : « Veillez et priez. » La vigilance et la prière,
voilà donc, d'après Notre-Seigneur, les
conditions de la résistance glorieuse aux
tentations.

27

Mais il est évident que ces conditions présupposent la volonté de combattre les mauvaises convoitises, et qu'elles seraient sans intérêt pour les hommes qui ne confessent pas le devoir d'une conduite régulièrement chrétienne; qui réduisent la vie à la fortune et au plaisir, l'une au service de l'autre, qui n'hésitent pas à s'enrichir aussi bien avec l'injustice qu'avec la probité, jusqu'à profiter dans ce but de certaines nouvelles que leur position publique leur fait connaître avant qu'elles se répandent; qui disent que la vertu c'est la jouissance, et le vice la privation ; et qui, ne gardant le respect ni d'eux-mêmes ni de la morale, bravent ses défenses ostensiblement avec le scandale que l'Evangile charge d'anathèmes. Ces hommes ne sont pas dans cet auditoire, où il ne se trouve que des disciples de Notre-Seigneur, disciples plus ou moins fidèles à ses commandements, mais qui les confessent, et qui tous sont bien résolus à les pratiquer tôt ou tard, à ne pas vieillir et encore moins mourir dans leur violation, en un mot à triompher un jour de toutes les obsessions qui leur sont contraires.

La première condition de ce triomphe, c'est la vigilance. Elle doit porter sur nous-mêmes, sur nos pensées, sur nos sentiments, sur nos impressions, et principalement sur l'imagination. C'est avec une grande justesse qu'elle a été nommée la folle du logis. Que n'insinue-t-elle pas? quels actes, avec tout le détail de leurs circonstances, ne met-elle pas sous les yeux? Ses promesses de félicité sont aussi nombreuses que mensongères; et tel est pourtant le prestige ou la fascination qu'elle exerce sur nous, que, malgré les expériences faites qui nous attestent que le bonheur n'est pas où elle nous le montre,

nous nous laissons séduire pour de nouvelles expériences, aussi stériles en joies
véritables et aussi fécondes en peines
réelles que les précédentes. *Vigilate*, Veillez !

La vigilance vis-à-vis du monde doit
être bien grande aussi. S'il était moins
pervers, il serait moins nécessaire de se
garantir de lui ; mais il est dominé par les
trois concupiscences que nous avons vues
furieuses contre le divin Sauveur, et achar-
nées à le faire souffrir. Les maximes et les
pratiques du monde ont infecté l'air de ses
réunions, de ses fêtes, de ses entretiens,
de ses spectacles, où ce n'est plus seulement à la pensée, mais aux yeux que la
luxure parle. A quelles tentations ne sont
pas exposés de la part du monde tous
ceux qui se meuvent dans son commerce,
qui sont obligés, ou qui se croient obligés
de le voir, de l'entendre, de se mêler à sa

vie? Et d'ailleurs, où n'est-il pas, le monde?
Hélas! sous son influence, comme sous le
souffle d'un vent désastreux, le foyer des
convoitises du cœur humain devient un
brasier ardent qui le brûle, et ne tarde pas
à y dévorer les sentiments de la conduite
régulière. Bientôt se forment les funestes
relations, aux promesses fallacieuses, aux
propositions hardies, aux correspondances
insensées, qui ont été bien punies plus
d'une fois, la cupidité ou la trahison, souvent l'une et l'autre en même temps, les
faisant sortir du secret où elles pensaient
rester toujours.

Veillez, pour ne pas donner au monde
prise sur vous, pour résister à ses tentations tout de suite, sans permettre qu'elles
s'insinuent et s'établissent en nous, si peu
que ce puisse être d'abord. On a coutume
de se tranquilliser en disant : Je connais
mon devoir, j'en respecterai la borne :

c'est une affection sérieuse que je suis heureux de me donner ; c'est une simple dis-
traction qu'il me plaît de me fournir ; ou
bien c'est un déréglement que je me propose de ramener ; ou bien encore je veux
voir comment on ose s'imaginer qu'il est
possible de réduire la vertu, et de quelle
manière on travaille à cette œuvre diabo-
lique. Aveugle témérité ! La borne du devoir ! Est-il donc si facile de la respecter
lorsque vous allez jusqu'à la toucher ? Si
la tentation vous mène à cette extrémité,
elle saura bien vous la faire dépasser.
C'est comme le vase plein d'eau : une
goutte de plus suffit pour qu'il se répande.
Il est affirmé de certains abîmes que, quand
vous en approchez trop, il en sort un air
de vertige qui vous enivre ou qui vous
étourdit, et qui vous entraîne dans leur
sein, sans que vous ayez le temps de vous
en apercevoir ou même de vous en douter.

Juste mais terrible image de ce désordre que l'Apôtre défend de nommer dans l'assemblée des fidèles! Lorsque par la pensée, par l'imagination, par les entretiens, vous en approchez sans vigilance, il vous maîtrise, vous subjugue et vous fait sa victime. Votre surprise est grande, et l'humiliation vous écrase, au point que vous vous demandez si c'est bien vous qui êtes au fond de cette misère. Aide-toi, le ciel t'aidera. La pratique de cette maxime d'une vérité absolue est indispensable pour surmonter les tentations. Après avoir réclamé de nous, selon Notre-Seigneur, d'abord la vigilance, elle réclame ensuite la prière : Veillez et priez!

Si ce miséricordieux Sauveur était impeccable comme homme, c'est que dans son adorable personne la nature humaine se trouvait unie à la nature divine, et que par cette union elle possédait, autant qu'elle le pouvait, l'essence de Dieu. Quelle est aux yeux de la raison, non moins que de la foi, la conséquence de ce dogme? Que l'homme se transforme en Dieu dans la mesure où il s'unit à Dieu : or, le moyen de cette union pour l'homme, en est-il un autre que la prière qui adore Dieu, qui le remercie, qui le supplie? Evidemment, la transformation de l'homme serait complète s'il voyait Dieu. Toutefois penser c'est voir; penser sans doute avec attention, une attention forte et soutenue. Eh bien! prier, c'est penser, et l'esprit et le cœur qui traversent pour ainsi dire le voile qui leur cache Dieu, arrivent à sa vue, commencée du moins; elle s'achèvera dans l'éternité.

Notre divin Maître a voulu nous apprendre, par un fait de sa vie ici-bas, que nous devrions recourir à lui dans les circonstances où le danger de faillir morale-

ment nous assaillirait tout à coup. Il ordonne à S. Pierre de marcher avec lui sur
le lac de Génésareth. Bientôt l'Apôtre sent
que les eaux s'ouvrent sous lui, et qu'elles
vont l'engloutir. Sauvez-moi, Seigneur!
s'écrie-t-il, et le Seigneur le sauve. Quand
la tentation, qui est comme le gouffre
des choses défendues, s'ouvre sous nos pas
pour nous engloutir, il faut nous écrier :
Seigneur, sauvez-moi, je vais périr,
sauvez-moi; ne me laissez pas aller à la
tentation !

Cependant, répétons-le et retenons-le
bien, ce n'est pas seulement à l'heure de
la tentation que nous devons prier, c'est
avant, c'est après, c'est fréquemment ;
comme nous l'avons dit, l'homme est au-
dessus des faiblesses de sa nature dans la
proportion où il est uni à Dieu, et cette
union s'opère, se conserve, s'accroît,
se fortifie par la prière. Etablis de cette

28

sorte en Dieu, est-ce que la tentation, si forte qu'elle soit, pourrait nous emporter? Notre-Seigneur disait : Je ne suis pas seul ; mon Père est avec moi ; il agit avec moi. Or, par la prière nous cessons d'être seuls, nous sommes avec Dieu, Dieu est avec nous, il agit avec nous : comment pourrions-nous faillir?

Il est une prière que nous devons employer dans nos tentations, prière courte, sans mots aucuns, ou du moins qui peut s'en passer, prière d'une grande efficacité. Nous en avons été couverts et comme enveloppés au moment de notre baptême. Elle est formée du signe du Fils de l'homme, de sa croix, au pied de laquelle aujourd'hui le monde chrétien est prosterné, le juste demandant l'accroissement de sa justice, et le pécheur sollicitant son pardon. Née au Calvaire, cette prière y fut récitée par la sainte Vierge, par

saint Jean, par les saintes femmes qui
s'unissaient à l'immolation divine ; c'est
le signe de la croix ! Fait avec foi, avec
piété, avec un ardent désir d'être exaucé,
sa vertu est toute-puissante. Aussi bien,
c'est la croix qui a sauvé l'homme. Il s'é-
tait aveuglé avec les splendeurs de la
création, il a plu à Dieu de l'éclairer avec
les obscurités du Golgotha, et que le bois
qui avait été l'instrument de sa folie devînt
celui de sa régénération.

C'est de la croix exclusivement que les
apôtres déclaraient tirer la force et le
succès de leur prédication. Je ne sais,
disait S. Paul, que Jésus, et Jésus crucifié. Dieu me garde de rendre vaine la
vertu de la croix, par la recherche et l'emploi des moyens de la terre. Dans l'enseignement des nations, c'est la croix
qui a vaincu toute la sagesse et toute la
puissance du paganisme, dont elle avait

durant des siècles, subi la haine et la per-
sécution. C'est la croix qui donna la victoire à Constantin sur Maxence, et qui le
rendit maître absolu de l'Empire. *In hoc
signo vinces*, Tu vaincras par ce signe,
lui avait dit la voix surnaturelle, lorsque
l'étendard où la croix se trouvait tracée
dans la gloire, lui était montré. Que
cette apparition céleste ait été contestée,
qu'importe! elle n'en est pas moins certaine pour les esprits sérieux; il n'en est
pas moins certain, après tout, que le La-
barum conduisit l'armée de Constantin
en ce sanglant combat, et que la croix
est devenue alors, et est restée depuis
l'objet de l'adoration du monde.

In hoc signo vinces! c'est par ce signe
que nous vaincrons la tentation. Dès que
nous la voyons approcher, dès qu'elle nous
attaque, dès que nous sentons sa redou-
table influence, plaçons-nous sous le

signe de la croix. La légende de ces géants
qui dans leurs luttes, au moment des dé-
faillances, s'empressaient, pour renouveler
leurs forces, de toucher la terre dont ils
étaient les fils, est une fable. Mais ce qui
est une vérité hors de doute, d'expérience
journalière, et qu'il nous est facile de
reconnaître par nous-mêmes, c'est que
nos forces de vaincre la tentation se con-
servent, se réparent, se maintiennent
au-dessus des assauts que nous recevons,
si nous avons soin de recourir au signe
de la croix. Pendant la tempête, le pilote,
pour n'être emporté ni par les vents,
ni par les flots qui veulent sa vie et son
navire, se fait attacher solidement au
mât : lorsque les gros temps de l'ordre
moral nous assaillent, attachons-nous par
la confiance à la croix ; quels que soient
les flots et les vents, les séductions de
notre nature et les séductions du monde,

nous ne périrons pas, nous vaincrons.

Père qui êtes aux cieux, notre nature
est faible, elle est infirme, elle est fragile;
elle ne se hâta que trop de le montrer,
lorsque, à peine sortie de vos mains, elle
tomba, pour avoir cessé de chercher en
vous sa règle de conduite et sa véritable
félicité. Depuis cette chute, elle est bien
plus faible, bien plus infirme, bien plus
fragile encore, notre nature; elle porte
en elle-même des orages qui éclatent à
chaque instant et qui la poussent à vous
désobéir de nouveau. Ces orages sont quelquefois terribles : vous ne permettez pas
cependant qu'ils soient au-dessus de nos
forces de résistance; au contraire, vous
disposez toutes choses pour que notre volonté puisse les surmonter. Il est vrai que
cette volonté a besoin d'être protégée,
qu'il faut l'éloigner du péril, bien loin de
l'y exposer, et la préparer à ne pas en être

victime, soit qu'il se montre subitement, soit qu'on le voie venir.

Cette préparation, c'est la prière, ce sont nos communications avec vous ; vous nous y faites voir et sentir l'obligation de pratiquer votre volonté, toute la raison, toute la justice, et toutes les joies de cette pratique. Nos forces morales se restaurent dans ces communications, où le principe du mal qui est en nous, s'affaiblit, en même temps que le principe du bien augmente dans une égale proportion. A l'avenir, nous vous dirons souvent, et plus souvent que par le passé : Ne nous laissez pas aller à la tentation ; nous vous le dirons avec un sentiment de grande détresse, mais aussi de grande confiance ; lorsque les attaques de la tentation croîtront en violence, par la pensée nous nous saisirons de la croix, nous nous couvrirons de son signe : elle est notre unique espérance, nous lui avons offert nos adorations, en ce jour si précieux pour nous où elle nous a rachetés. Prosternés encore à ses pieds, dans l'amertume de nos cœurs et au milieu du souvenir de nos fautes nombreuses, nous vous demandons de ne pas permettre que notre faiblesse, notre infirmité, notre fragilité, en commettent de nouvelles. Notre Père qui êtes aux cieux, ne nous laissez pas aller à la tentation !

Amen.

ORAISON DOMINICALE.

VIII

LA DÉLIVRANCE DU MAL.

VIII

LA DÉLIVRANCE DU MAL.

Libera nos a malo.

Délivrez-nous du mal.

Sire,

Toutes les fois que Notre-Seigneur avait à se justifier de l'autorité souveraine qu'il s'attribuait, il donnait en preuve de cette autorité sa résurrection future. Parlant de son corps, il disait : Détruisez ce temple, et je le rebâtirai en trois jours.

Notre-Seigneur a tenu sa promesse. Crucifié, mis au tombeau, il sort d'entre les bras de la mort avec une vie nouvelle, supérieure, glorieuse, impassible, toute spirituelle. Il ne pouvait mieux montrer sa puissance divine qu'en quittant et en reprenant ainsi la vie à son gré, comme on quitte et on reprend un vêtement; comme il prenait et quittait lui-même la tunique qui était l'ouvrage de sa mère. Au reste, c'est en ces termes qu'il avait annoncé plusieurs fois sa victoire sur la mort.

Ce grand fait de la résurrection de notre adorable Sauveur nous marque la destinée réservée à nos corps, qui sortiront un jour de la poussière du tombeau; mais il est, d'autre part, un symbole et une leçon : il figure la résurrection de nos âmes, et nous en prêche la nécessité. Résurrection que nous exprimons, que nous sollicitons avant tout et par-dessus tout, dans cette dernière

demande de l'Oraison dominicale : Délivrez-nous du mal.

La délivrance que nous demandons
d'abord, c'est celle du mal moral ou du
péché. Nous demandons ensuite celle de
tous les autres maux. La première nous
est toujours accordée, il nous suffit de la
vouloir sincèrement ; quant à la seconde,
tantôt Dieu nous l'accorde, tantôt il nous
la refuse ; mais dans l'un et l'autre cas,
sa paternelle bonté agit en vue de notre
bien véritable.

Disons quelques mots sur ces deux délivrances, c'est le sujet de cet entretien.

PREMIER POINT.

Nous ne résistons pas toujours à la tentation, bien que Dieu nous donne toujours
ce qui nous est nécessaire pour la vaincre,

et que, d'après le langage de saint Paul, il ne permet pas qu'elle ait des forces au-dessus des nôtres; lorsque nous y cédons en matière grave et avec un plein consentement, nous nous suicidons. Ce n'est pas ici vaine parole, mais incontestable vérité. La tentation triomphant, c'est la mort de l'âme. Aussi bien la vie de l'âme consiste dans son union avec Dieu, comme la vie du corps consiste dans son union avec l'âme. Oh! que de morts au milieu des sociétés! Que d'hommes qui n'ont que les apparences de la vie! A les regarder, à les entendre, à les voir faire, ils sont pleins de mouvement et d'agitation; néanmoins ce sont réellement des cadavres. *Nomen habes quod vivas et mortuus es*, dit S. Jean. Leurs agitations et leurs mouvements, par lesquels ils entassent fautes sur fautes, les enfoncent de plus en plus dans la mort.

Sans doute, on n'y pense pas, et ces

chants à double et facile entente, autant
qu'à singulière renommée; ces jeux scéni-
ques dits de société, avec des vers qui sou-
rient au désordre et qui y font sourire, qui
enlèvent les applaudissements des maîtres
et des disciples des mœurs libres, les premiers morts depuis longtemps, et les se-
conds qui sont en train de mourir, si ce
n'est pas fait encore; tout cela, qui met le
rouge au visage de l'adolescence, et dans
son esprit, dans son cœur, ce qu'il est facile de soupçonner, paraît amusement
simple, honnête, irréprochable, sans suites
funestes, bien qu'acteurs et spectateurs
auraient peine ensuite à se recueillir en
Dieu, pour ne parler que de ce devoir.
Hélas! ils sont loin d'y penser, encore
plus de le remplir, avant de prendre leur
repos; c'est trop sérieux, trop pénible,
et s'ils viennent aux jours obligés dans
le lieu saint, c'est le reste d'une mode

religieuse dont ils n'ont pas pu s'affranchir totalement. Oh! que de morts! Mais n'y a-t-il que des vivants dans cette illustre assemblée?

Cependant il faut revivre, c'est l'intérêt capital de notre existence. Entendez le Maître : Que servirait-il à l'homme de posséder tout l'univers, s'il perdait son âme? qu'aurait-il à donner en échange pour la racheter? et s'il ne la rachète pas, après ses fêtes, ses plaisirs, ses transports, ses ivresses, ses possessions, dans quelle souffrance ne sera-t-elle pas plongée au sortir de ce monde? Pour la préserver des *pleurs éternels et des grincements de dents* par une crainte salutaire, le charitable Rédempteur a voulu, bien que notre rachat pût s'opérer à beaucoup moins et même à peu de douleurs, endurer le supplice le plus cruel et le plus ignominieux. Du sein de ce supplice il nous dit : Une seule chose est nécessaire, la vie de votre âme et son salut.

Délivrez-nous du mal, des illusions où nous pourrions être au sujet de sa malice et pour ses suites. Délivrez-nous de toutes les vaines présomptions qui nous établiraient dans une funeste et fausse sécurité morale, de ce lamentable aveuglement où l'on s'imagine, sans pouvoir toutefois s'en donner la certitude, que l'on n'a rien à se reprocher, encore qu'il n'y ait peut-être pas un article de la loi dont on se soit acquitté. Quiétisme d'un extrême danger, lorsque la conscience devrait nous flageller par le remords, et nous tourmenter par les plus vives alarmes.

Il faut revivre. Oseriez-vous paraître morts au tribunal de Dieu? La pensée seule de ce que vous deviendriez alors, ne vous écrase-t-elle pas d'épouvante? Remontez à la vie par le regret de vous l'être ôtée et par la résolution de ne plus vous l'ôter à l'avenir, de vous éloigner de tout ce qui pourrait renouveler ce malheur : affaires, relations, divertissements, liaisons coupables. Si vous avez ce regret, cette résolution, Notre-Seigneur vous ressuscitera, quelle que soit la nature de votre trépas. Durant sa mission ici-bas, il a rappelé à la vie trois morts corporelles, dont saint Augustin dit qu'elles expriment les trois genres de la mort de l'âme.

La fille de Jaïre, chef de la synagogue ; le fils de la veuve de Naïm ; Lazare : voilà ces trois morts ressuscités par Notre-Seigneur, qui sont la figure de la mort spirituelle à trois degrés différents. La fille de Jaïre n'avait pas encore quitté le lieu de son dernier soupir pour être portée en terre : c'est l'image de l'âme qui meurt par la pensée consentie du mal, mais par là pensée seule. Le fils de la veuve de Naïm

était conduit au cimetière, il était hors de
la maison de sa mère et hors de la ville :
c'est l'image de l'âme morte par la pensée,
et morte depuis par l'action extérieure ;
l'idée mauvaise s'est réalisée dans le fait
mauvais. Lazare n'est pas seulement hors
de sa demeure, il ne se rend pas seulement à son sépulcre, il y est enseveli
depuis plusieurs jours, déjà sa dissolution
est commencée : c'est l'image de l'âme
morte par la pensée, morte par l'action,
et, par le renouvellement de la pensée, de
l'action, ensevelie dans l'habitude, ce terrible sépulcre dont les murs montent de
plus en plus, et dont la pierre se scelle
chaque jour davantage.

Quel que soit le genre de la mort de
notre âme, il ne tient qu'à nous de ressus-
citer, soit de la pensée, soit de l'action,
soit de l'habitude. Tout se borne à le vouloir d'une volonté qui se repente de s'être

suicidée, et qui est bien résolue à ne plus
le faire. O morts! déchirez vos linceuls,
sortez de vos tombeaux ! que vous y soyez
depuis hier ou depuis des années et des
années, sortez-en! Rompez avec vos diverses faiblesses, brisez les chaînes de
votre esclavage, quel qu'il soit. Ne ren-
voyez pas à plus tard votre résurrection ;
il se pourrait qu'appelés à quitter subitement le monde, vous n'eussiez pas le
temps de sortir de vos tombeaux. Quelles
funérailles alors pour votre âme ! peut-
être celles de ce mauvais riche dont Notre-
Seigneur a dit qu'à l'heure de son trépas,
il eut l'enfer pour sépulture. O morts!
remontez à la vie; sortez, sortez de vos
tombeaux; et, ressuscités, ne faites plus
comme vous avez fait bien des fois, cessez
de passer alternativement de l'iniquité à
la vertu, de la vertu à l'iniquité, de la mort
à la vie et de la vie à la mort; ne soyez

plus comme la mer qui reprend les souil-
lures qu'elle a déposées sur son rivage,
pour les déposer et les reprendre de nouveau. La foi s'altère, s'affaiblit et se perd
en ces alternatives du bien et du mal, du
mal et du bien, et de cette sorte on s'ex-
pose également au sort du mauvais riche
réprouvé.

Délivrez-nous du mal, du suicide de
l'âme, du péché. S'il ne priva pas l'homme
de l'existence lorsqu'il l'eut commis, Dieu
l'ayant créé immortel, il bouleversa sa condition, elle fut la victime de maux sans
nombre dont nous sollicitons aussi l'affranchissement en disant : Délivrez-nous
du mal !

SECOND POINT.

L'homme, dit l'Ecriture sainte, vit peu
de temps, et pendant ce court laps de

temps il est assujetti à de nombreuses misères : ce serait inutile et trop long de les raconter toutes en détail. Aussi bien, nous sommes loin de les nier, et nous n'avons pas de blâme à donner à ces peuples insuffisamment éclairés sur la destinée de l'homme, qui faisaient entendre des plaintes autour du berceau d un nouveau-né, pour dire qu'appelé à vivre, il était appelé à souffrir. Mais ayons soin de voir écrit, pour ainsi dire, au bas de toute souffrance, lorsque nous nous en trouvons les témoins : C'est le péché qui a fait cela, *peccatum fecit*, comme on lit au bas d'une peinture le nom de son auteur. C'est le péché qui a fait la pauvreté, la maladie, l'infirmité ; c'est le péché qui a fait les larmes, les gémissements, les sanglots, toutes les poignantes douleurs ; c'est le péché qui a fait la mort que notre nature craint, fuit et repousse de toutes ses éner-

gies, avec violence, avec horreur ; la mort
de la jeune fille que sa mère ne peut rete-
nir malgré ses efforts et ses cris ; la mort
du père, seul soutien de la famille, ré-
duite par sa perte à la plus cruelle, à la
plus complète détresse. C'est le péché qui
a fait toutes les infortunes, toutes les misères, tous les désastres, les inondations,
les incendies, les naufrages, les stérilités
de la terre, la peste, la famine, la guerre :
ces trois grands fléaux qui viennent de
temps en temps rappeler à l'homme son
état actuel de déchéance, d'expiation, et
la justice de Dieu qui le punit. Si le péché
a produit de si grands maux en la vie du
temps, que ne doivent pas craindre ses
esclaves pour la vie éternelle !

La saine philosophie, aussi bien que la
théologie, assignent au mal cette origine
et cette cause, et il serait difficile, pour ne
pas dire impossible, de lui en assigner

d'autres; on l'a tenté bien des fois mais
toujours inutilement, et il reste établi que
l'homme est une créature tombée, blessée
dans sa chute, et condamnée à souffrir.
C'est pour cela que la souffrance n'épargne
ni le juste ni le pécheur, que l'un et l'autre
y sont assujettis, avec cette différence,
toutefois, que le juste accepte la souffrance
en s'y résignant, et que le pécheur la subit
en murmurant; avec cette différence encore, que le juste ne s'attire jamais la souffrance par le désordre, qui en est un agent
fécond ; au lieu que le pécheur, en cédant
à ses passions, moissonne l'inquiétude,
l'angoisse, les chagrins de toute nature;
avec cette différence enfin, que le juste
adoucit le poids de sa souffrance, en s'unissant pour elle à la volonté divine, tandis
que le pécheur le rend plus lourd, privé
qu'il est de toute véritable consolation,
même de celle de demander la déli-

vrance du mal auquel il est en proie.

Il s'est rencontré des hommes, il s'en rencontre sans doute fréquemment encore, qui veulent que toute demande de ce genre soit inutile par la raison que les choses, les accidents, les événements ont été réglés de toute éternité dans la pensée de Dieu, ce qui les rend immuables, invariables. Voilà du fatalisme pur, mais du fatalisme qui se contredit journellement. Supposez le fataliste malade : sera-t-elle grande son ardeur à mander auprès de lui la science qui guérit ? or, cet appel, à quoi bon ? la guérison est arrêtée de toute éternité, elle est donc au-dessus de tout changement; vouloir modifier l'arrêt divin, n'est-ce pas un sacrilége ? Que répondra le fatalisme à ce raisonnement? dira-t-il qu'il se peut que la guérison dépende du recours à des conseils et de l'emploi de certains spécifiques ? eh bien ! nous avons le même

droit de dire : Il se peut que la délivrance
sollicitée n'ait été promise qu'à la condition d'en faire la demande.

Laissons les vaines discussions ; Notre-
Seigneur Jésus-Christ ne nous suffit-il
pas? D'après ses leçons et à son exemple
demandons que le calice d'amertume nous
soit épargné, qu'il passe ou qu'il s'éloigne
de nous ; le calice de la maladie, le calice
de la misère, le calice du trépas des parents
et des amis, le calice des pertes de fortune, le calice des revers de la position sociale, le calice des malheurs personnels,
domestiques et publics.

Il est évident que nous ne pouvons pas
toujours être exaucés en nos demandes
de ces délivrances. Si nous l'étions, les
lois du monde moral et du monde physique se trouveraient suspendues à toujours, et dès lors abolies entièrement. Ce
seraient, comme disent les saintes Ecri-

tures, d'autres cieux et d'autres terres.
Mais Dieu fait accueil quelquefois, et plus
que quelquefois, à nos demandes ; il
nous préserve ou il nous affranchit de
la souffrance ; ce qu'il nous accorde
souvent, c'est la diminution de sa durée
et de son intensité ; ce qu'il nous accorde
toujours, c'est le courage, la patience et
la résignation à l'endurer, les forces de
l'esprit et du cœur qui nous la font supporter dignement; plus encore, qui nous
la font aimer, et qui nous élèvent à cette
grandeur, la première de toutes sans
comparaison, de ne pas faillir dans les
épreuves de la vie, de nous y montrer,
quelque grandes qu'elles puissent être,
plus grand encore qu'elles ne sont.

Il est des hommes qui demandent à
Dieu la délivrance de leurs maux, et qui
s'étonnent que Dieu ne la leur accorde
pas, alors qu'ils vivent insoumis, ou plutôt

rebelles à ses ordres. Avant de se plaindre de n'être pas exaucés, ils devraient se mettre dans la situation de l'être. Comment! vous foulez aux pieds les lois de Dieu, vous vous montrez son ennemi, ou du moins son égal par l'indépendance que vous vous attribuez, ou du moins que vous exercez, avec ou sans réflexion, et vous osez penser que dans de pareilles circonstances Dieu satisfera vos désirs, vos besoins de délivrance, dès qu'ils lui seront exposés! Quelle aberration! se réconcilier avec Dieu, solliciter le pardon des fautes qu'on a commises, voilà ce qui doit être accompli d'abord, avant de demander à Dieu des grâces exceptionnelles. Qui sait s'il n'a pas décidé qu'elles ne vous seraient accordées qu'autant qu'il vous verrait reprendre son joug doux et léger, pour le repos et le salut de votre âme.

Aussi bien, la pensée de Dieu dans les

calamités, soit particulières, soit géné-
rales, est de faire réfléchir les hommes
auxquels il les envoie, et de ramener à lui
les pécheurs. C'est dans ce même dessein
qu'il veut la durée plus ou moins longue
de ces calamités, les désastres et les afflictions qu'elles causent. Du reste, les
hommes auraient bien moins de maux à
endurer, s'ils vivaient dans la pratique
constante de la loi de Dieu, s'ils se confor-
maient dans toute leur conduite à l'esprit
et à la lettre de l'Oraison dominicale. Elle
ne leur fait pas dire : Mon Père, mais
Notre Père : Mon pain de chaque jour,
mais Notre pain : Pardonnez-Moi, ne Me
laissez pas aller à la tentation, délivrez-
Moi du mal ; mais Pardonnez-Nous, ne
Nous laissez pas aller à la tentation, délivrez-Nous du mal. Admirable communion ! quand un chrétien prie, tous les
chrétiens, plus que cela, tous les hommes

prient avec lui. Le pauvre sauvage, plongé dans l'ignorance et la barbarie, est associé à la prière du chrétien qui sollicite pour lui le pain de chaque jour, le pain sub-stantiel, la connaissance et l'amour du vrai Dieu.

Mais cette communion de prières, où l'homme juste protége l'homme coupable, nous ordonne la communion de senti-ments, la communion d'estime et d'affec-tion, des joies et des douleurs, de l'abon-dance et du dénûment. Si cette commu-nion d'un devoir rigoureux existait, comme le séjour de la terre changerait, comme les maux y diminueraient, comme les biens y croîtraient ! On n'y verrait plus ces luttes fratricides d'individu à individu, de famille à famille, de peuple à peuple ; on n'y verrait plus la fourberie trompant la confiance, l'astuce exploitant la simpli-cité, le fort écrasant le faible, le vice dé-

vorant l'innocence, le scandale insultant
la vertu, le succès inique se moquant de
la probité. On n'aurait pas vu, et l'on ne
verrait pas encore, au mépris de la rédemption, et à la honte des sociétés chrétiennes, ces odieux marchés où de pauvres
jeunes filles d'Eve, exposées à ciel ouvert,
et à peine vêtues, attendent comme du
bétail qu'on les achète, et pourquoi !
« O Vierge sainte, ces sacriléges abomi-
nations seront refoulées dans l'horreur qui
leur appartient, si votre nom est un jour
béni dans ces malheureuses contrées de
l'Orient où elles se passent. » Demandons
à Dieu de délivrer la terre de toutes ces
plaies morales, et de bien d'autres aussi
hideuses que nous ne voulons pas indi-
quer. Demandons-lui de nous délivrer du
péché d'où elles sont toutes sorties, d'où
elles sortent et sortiront toujours. Nous
avons besoin de cette délivrance non

moins pour la vie présente que pour la vie future. *Libera nos a malo* : Délivrez-nous du mal.

Telle est cette divine prière. C'est en la récitant que nous devons commencer et finir nos journées; c'est sous sa vertu que nous devons placer nos travaux, c'est par son concours qu'il faut résoudre les difficultés qui nous assaillent dans l'ordre de la nature et dans l'ordre de la grâce; c'est cette prière qui doit nous couvrir comme une armure dans nos tentations, nous consoler dans nos souffrances, et nous faire mériter la gloire du courage, de la résignation et de la patience. C'est cette prière qui doit éclairer pour nous, d'une lumière douce et précieuse à l'esprit comme au cœur, les ombres de la mort lorsqu'elles viennent d'envelopper, ou qu'elles vont envelopper une existence bien-aimée et nécessaire à la nôtre; c'est cette prière qu'il faut déposer comme une couronne d'immortalité sur les tombes pleines de nos affections, et où nos souvenirs avec nos regrets veillent douloureusement.

Quand nous récitons l'Oraison du Seigneur, la foi, la piété, la confiance doivent animer notre attention et notre recueillement. D'autre part, il faut que nous soyons unis à ce charitable Maître qui nous l'a enseignée, et qui a seul le droit, comme notre Médiateur, de la faire exaucer. Le génie poétique de l'ancienne Grèce, Homère, dit que la prière boite en sa marche vers le Très-Haut; parole profondément vraie. L'humanité s'est brisée en tombant par son orgueil du sein de Dieu; mais restaurée par le Médiateur, sa prière, appuyée sur lui, marche d'un pas droit, ferme et assuré. Ecoutez : pour l'Oraison que nous venons de méditer, écoutez : elle sait le chemin du Ciel, elle en est descendue.

Récitons-la pour l'Empereur. Que Dieu ne cesse de l'éclairer en ses conseils, de l'inspirer en ses projets, de le conduire en ses entreprises ! Il est personnellement la preuve que la *protection divine n'a jamais manqué à notre patrie.*

Récitons-la pour l'Impératrice. Qu'elle soit toujours, par sa charité, *la Sœur* du malheureux, et toujours, par sa piété, l'Ange de la France !

Récitons-la pour le Prince Impérial. Dieu l'a doté des plus riches facultés. Que sous l'influence de la foi, elles se développent entièrement, et l'élèvent à la hauteur de ses futures destinées, si glorieuses, mais si redoutables !

Notre Père qui êtes aux Cieux, que votre nom soit sanctifié; que votre règne arrive, que votre volonté soit faite sur la terre comme au ciel; donnez-nous aujourd'hui notre pain quotidien; pardonnez-nous nos offenses, comme nous pardonnons à ceux qui nous ont offensés; ne nous laissez point aller en tentation, mais délivrez-nous du mal.

Amen.

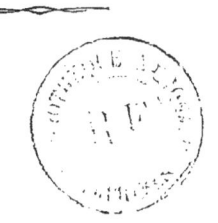

TABLE DES MATIÈRES.

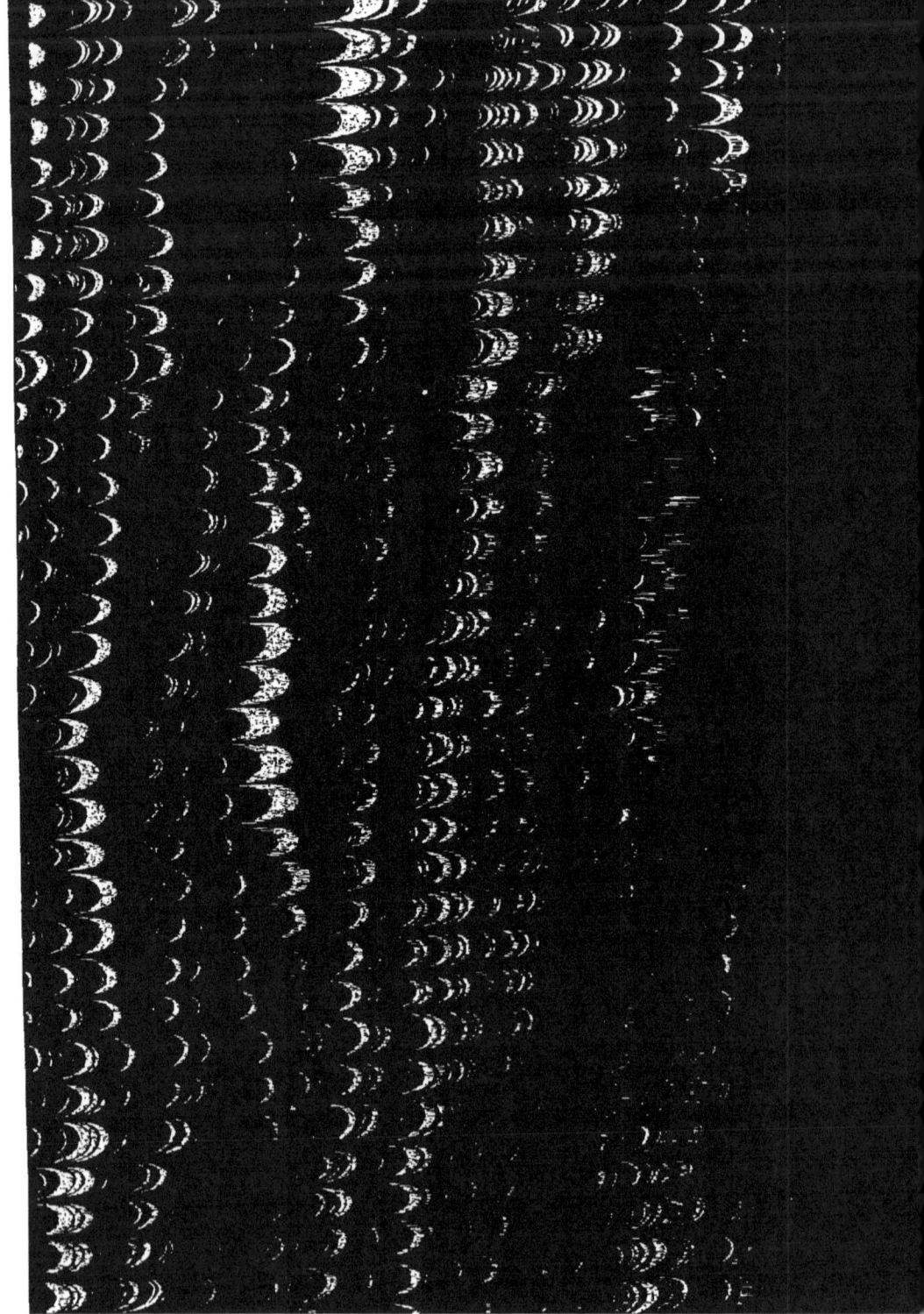

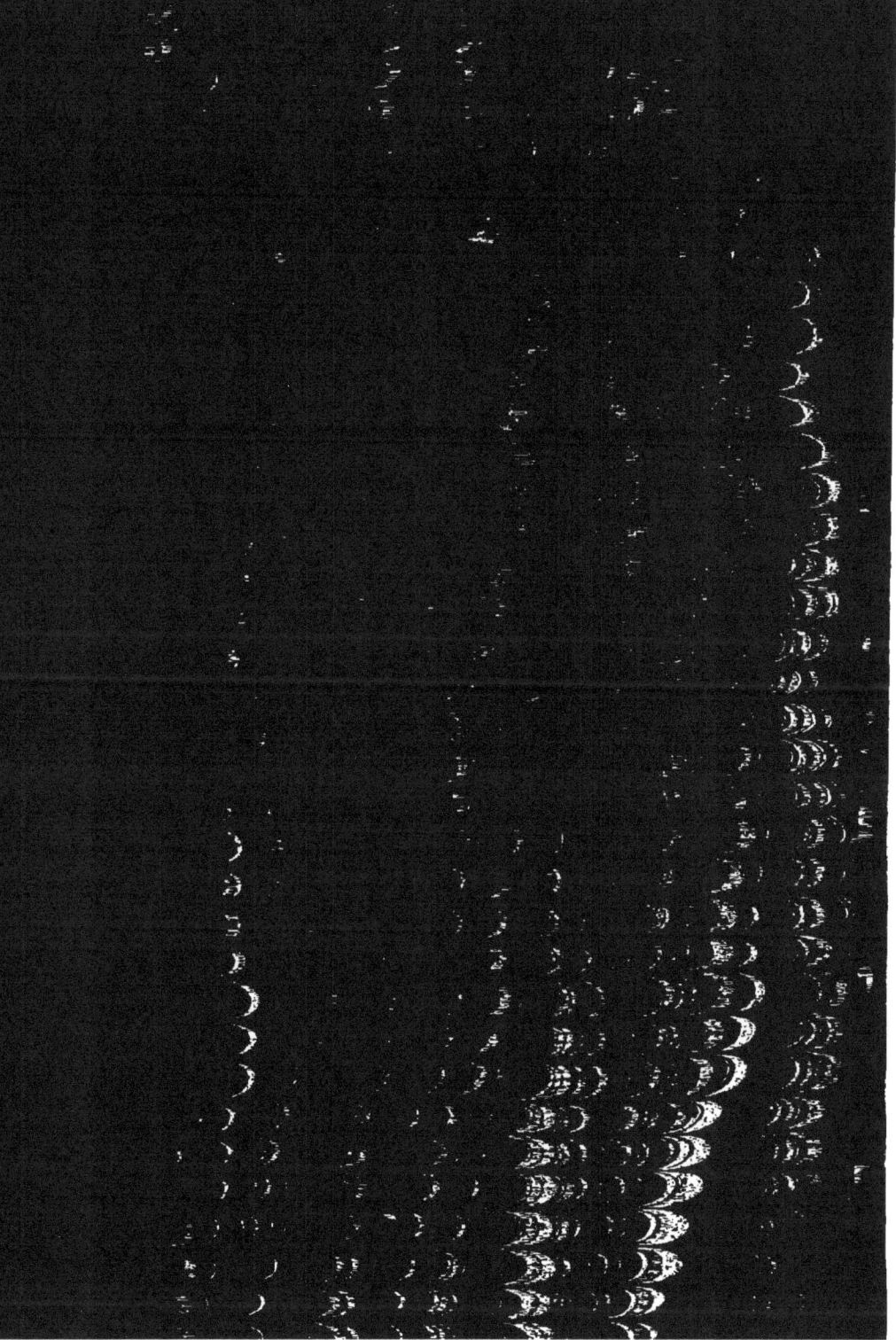

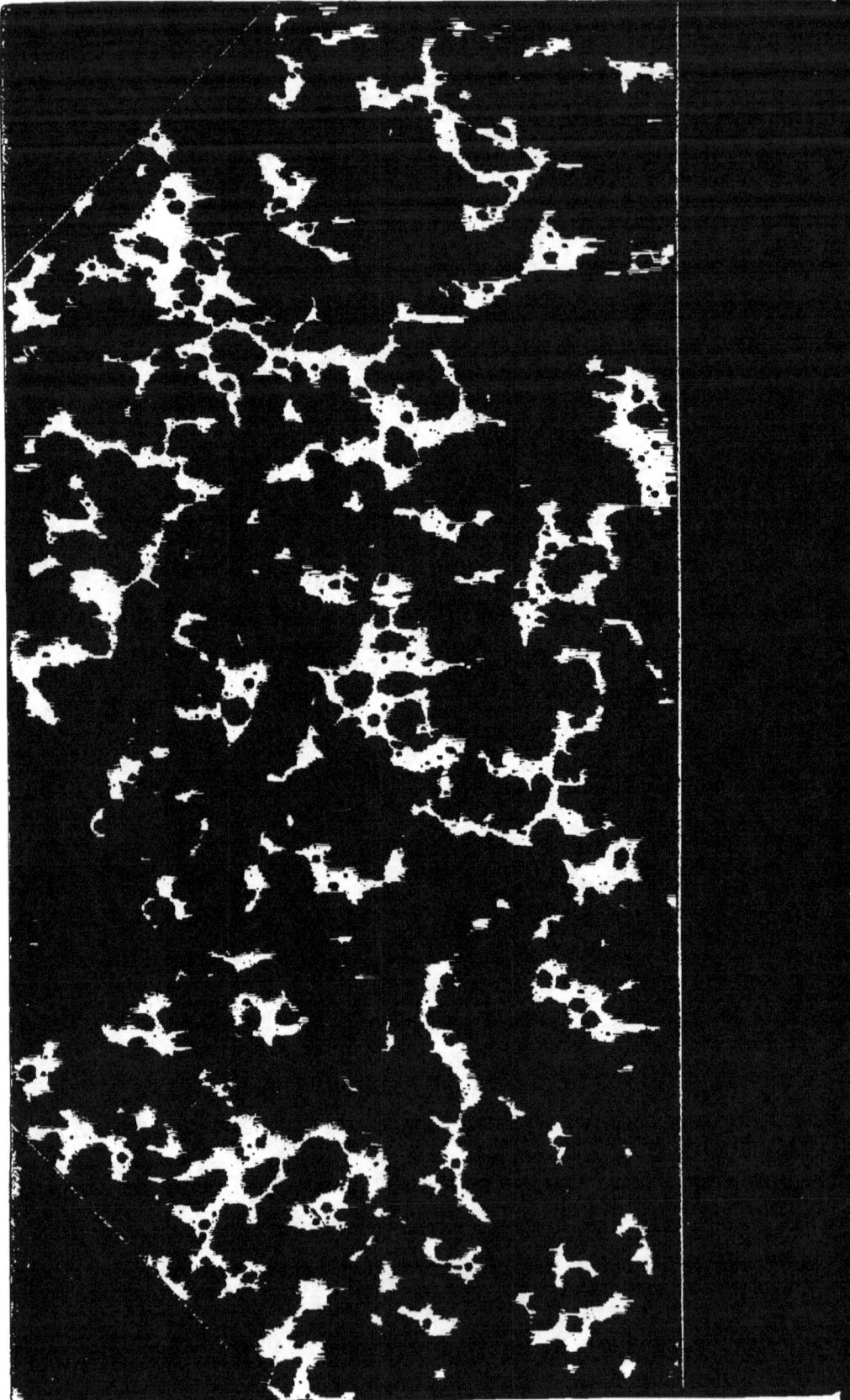